# 我们都美好且值得被爱

刘文 著

北方妇女儿童出版社
·长春·

我们这么善良赤诚的人，

一定会有好结局的。

我爱的人过上了他想要过的生活，

而我也终于可以将心中无望的执念慢慢放下。

# 目 录

# 一月

## 悸动

# 恰如那年少的温柔

初中的时候，我因为成绩好被学校重点培养。老师单独给我上课，我享受了诸多特权，大扫除、体育考试什么的统统可以不参加，犯错误的时候，老师总是惯着我，只惩罚别人。再加上我是个发育迟缓的豆芽菜，也不是那些家境优裕、书包里永远有昂贵零食的千金大小姐，同学们个个都对我敬而远之，到最后，连愿意和我同桌的人都没有。我表面上装得毫不在乎，我一样考第一名，我每天都骄傲地昂起头一个人走来走去，却忍不住用余光去瞄走廊上三三两两在讲体己话的女孩。同学们玩弹珠或者丢沙包的时候，我坐在厚厚的习题册后面，分出一只耳朵来听他们尖叫嬉闹的声音。有的时候，我还能听到几个男生的名字，有的是同年级的，有的是学长，有的是学校田径队的，每一个名字被念出的时候都会收获一阵欢欣的尖叫声。我揣摩着她们说的“喜欢”啊、“爱”啊、“帅气”啊、“拽”啊，那些甜蜜又新奇的词语像狗尾巴草一样挠得我痒痒的，我好奇到如果谁能和我分享那些八卦的话，就算被沙包狠狠地击中一百次也没关系。

隔壁班的W就是在这个时候出现在我生命里的。校外英语补习班的第一次课，他抱着课本和水壶，踩着铃声急匆匆地走进教室，略略环顾了一下四周，就径直走到我的旁边，小声问我可不可以坐下。

我听到教室的几个角落里发出“咦”的声音，包括我们班的女生Y。我听得出她的声音，因为她就是丢沙包的时候说话最多的那个，全校似乎没有她不知道的消息，也没有她打听不到的八卦，她每次一说“快来”，我们班所有的女生便都围拢过去。

我愣了许久，因为从来没有被人问这样的问题。直到他困惑地看了我一会儿然后准备再朝前走的时候，我才突然大爆发地喊道：“没人，没人，快坐下吧。”

我手忙脚乱地把东西全挪到自己这边，“哐啷”打翻了铅笔盒。他弯下腰，忍住笑替我把铅笔、圆珠笔、水笔、钢笔都捡起来，钢笔尖摔出了一摊墨水，他小心翼翼擦干净之后再递给我。

握着他替我捡起来的钢笔，我的心竟然跳得像兔子一样快，老师叫我的名字，我站起来张开嘴不知道说什么才好。在Y刺耳的笑声里，我突然听到一个细小的声音：“选C，选C。”

“选C。”我面无表情地说，老师也无话可说，挥挥手示意我坐下。我坐下之后，感激地望向W，却只看到他飞快地记着笔记。

下课之后，我一边收拾东西一边瞄他，看到他快收拾完了，我也立刻把我的文具盒丢到书包里去。我顺理成章地和他一起走出教室，抬头挺胸，雄赳赳气昂昂，因为身边有了他的存在而觉得扬眉吐气。Y从座位上站起来，目瞪口呆地望着我们。我走出了很远，偷偷地回了一下头，看到她还站在窗边没有回过神儿来。

周一我去教室的时候，班级里的人围成一圈在谈论着什么，其中数Y的声音最响：“真想不通，怎么会有人和这种怪胎做朋友。”“就是，就是。”A、B、C、D、E纷纷附和。突然有人说：“他是不是没戴眼镜啊？”“就是，就是。”又响起了一片附和声。他们看到我走进来，大多数人都噤了声，只有Y，当着我的面咂了咂嘴，才回到座位上坐下。他们不敢当面得罪我，因为我若去老师那里告状，他们便要被罚蹲在门外做二十个蛙跳。

可是我才没心情去老师那里告状呢。我坐在座位上，望着语文课本上雷锋的画像，心里想的却是W的侧脸、他做题目的时候抿起来的嘴唇。这是第一次有人靠近我的生活。

W的教室在我们教室的斜对面，靠近走廊的那一边。但我却不敢明目张胆地去他教室门口看他，生怕他听到Y他们给我起的那些难听的绰号。我后来发现从操场边上那个从来没有人去的旧秋千架正好可以望到W的教室，我每节课下课铃一响就冲过去，一边心不在焉地荡着秋千，一边暗暗期盼着W能走出教室。有的时候他赶着去其他地方，身影只在我的视线中一晃而过，有的时候他站在走廊上，喝水、伸懒腰，或者和别人说话打闹。他每次望向我这边的时候，我都立刻挺直腰杆、抬头挺胸，充满笑容地望着他，虽然他一次也没有发现过我。

一开始的每个周六，我都担心W不会坐到我身边了，担心他觉得我只是他生命中的一个错误，特别是当W真的配了眼镜之后。那个周末，Y早早就召集同学等在教室里看我的好戏。

我比听老师在讲台上念期中考试的名次还紧张，但W还是径直走到我的身边坐下，我长长地出了一口气。

他拿出练习册，然后很自然地拿过我的，对起了答案。“为什么第三题选B？”我从焦虑中回过神儿来，也伸过头去，看起那道题目来。

课间的时候他发现了我书包里的《哈利·波特》，立刻两眼放光地拿来看。

“我妈妈把我买的《哈利·波特》扔掉了。”他撇撇嘴，“她总是要我干家务，不许我浪费时间。”

“干家务？”我吃惊地问，我每次一走进厨房，妈妈就像赶小鸡一样把我赶去弹琴或者读英语。

“是啊，我妈妈最近迷上了打麻将，我得在她打完麻将回家之前做好消夜。”他满不在乎地说。

我吃了一惊，但却因为太过年幼无知，不明白他生活里的重担。我只是把《哈利・波特》朝他的方向推了推。整整一节课，我们都躲在体积庞大的英文字典后面看小说，屏息凝神地看哈利・波特有没有把巴克比克救出来。我们一边偷眼瞄老师有没有发现，一边小心翼翼地翻着书页，头碰着头，他的头发轻轻刮擦着我的脸颊，因为提心吊胆，在一节课的时间里我们已经出了一头汗。

有了哈利・波特做纽带，我再也不用偷偷地张望他，不用有事没事就去老师办公室，只为了可以光明正大走过他的教室门口，不用在早晨做操的时候伸长脖子寻找他却在他回过头来的那一秒再飞快跑走。他会在午休的时间走到我教室的门口，约我出来，我们一起在走廊里看书，或者去曾经是我的秘密花园的秋千架。他有一下没一下地荡着秋千，长腿不时蹭过青草地。“这里能看到我们班教室呢！”他突然欣喜若狂地说。

那天我和他在秋千架下待得忘记了时间，回到教室的时候已经上课了，老师听到敲门声本来面有愠色，但看到是我，却也没问什么，只说了句：“下次不要上课铃响了再去厕所啊。”

“什么去厕所，不知道是干了些什么见不得人的事情呢。”Y用非常市侩的口气在下面嘀咕，她确保班里的每个人都听到了这句话。

班里顿时炸开了锅，虽然大多数人都不知道Y说的那些见不得人的事情到底是什么。他们纷纷推推同桌的胳膊，低着头讨论一阵子，然后再抬起头来回地看我和Y。

“都给我安静！”老师气冲冲地用黑板擦拼命拍着讲台，满教室都是飞舞的粉笔末。

那一天下午，因为我和W做了“见不得人的事情”，有人把粉笔切碎，搅拌在胶水里，然后涂在我的书包里和课桌里。我的每一本书和习题册都面目全非，我用抹布狠狠地抹着，直到我的作业本被擦出了一个大洞。

W突然从教室门口墙角的阴影里走出来，他问：“需要我帮忙吗？”

他拿出他的格子手帕，蘸上一点儿清水，然后一点点把胶水抹去，再把教科书一本本摊开来，用铅笔盒压平，再晾干。他做这一切的时候非常娴熟，做完之后，他走过来，拍了拍我的肩膀，说：“走吧。”

第二天午饭的时候，W特意在门口等我，Y看到之后，一马当先地冲出去，一只脚蹬在墙上，双手抱在胸前，冲她的A、B、C、D、E跟班们说：“看看，看看，人家本事多大，这么快就勾引到了一个男人，我说她有手段，你们还不相信。”

说时迟，那时快，W一个箭步走上前，一只手扯着Y的衣领，另一只手指着我说：“你以后敢再欺负她，我让你不得好死。”

W很高，肩膀很宽，他说这些话的时候莫名地很有震撼力，像是我们的家长，一时间连窗外吵个不停的麻雀都噤了声。我在众人复杂的目光里跟着他的脚步走出去，我因为W的存在而变得自信和坦然，再也不是那个用自大来伪装自卑的小女孩了。

W说过那句话之后，班级里对于我的敌意一下子减轻了，而丢沙包的时候被提到的名字里，W频频出现。

“原来他这么man啊。”A做双手捧心状，花痴地说。

“好帅啊，像韩剧里的那些欧巴（韩语中“哥哥”的意思）呢。”B不停地点头附和。

“你们有没有看过他的眼睛，那么大，睫毛那么长，要是长在我的脸上就好了。”C伸出手，比画着他的眼睛有多大。

渐渐地，下课的时候，开始有越来越多的女生围在我周围，她们开始向我打听W的各种各样事情。

“你们午休的时候都去哪里？”

“去荡秋千。”

“哇。”人群里响起了一阵惊叹，“好浪漫啊。”

“你们会一起回家吗？”

“会啊，如果他早下课的话，就会在那边那个角落里等我。”

“哇。”又是一阵赞叹。

“你们，拉过手了吗？”不知道是谁问的问题，突然间，班级里静悄悄的，连一根针掉在地上都能听见。

“没有。”

“真的没有？”

“真的没有。”我认真地说，不知怎么，失望席卷而来。

Y不失时机地说起了小道消息，她说，W的爸爸很早就不要他了，只留下他和他的妈妈相依为命。他妈妈因为这个精神变得不太正常，常常歇斯底里，常常在家里喝闷酒，也不做家务，都是W在做。

大家听完就都算了，W的妈妈和我们有什么关系。我们喜欢的是W大大的眼睛和长长的腿，还有他的温柔有礼、无微不至的体贴，让人觉得如沐春风。

升上初三，中考倒计时牌也放在了教室前面。我和W已经很熟，每天早晨，他都会在车站等我，和我一起坐车去学校。我们在车上交换练习题的答案，互相背诵古文，他还会关心我有没有吃早餐，晚上几点睡觉，像我妈一样啰唆。

因为他的妈妈还是不让他看课外书，我天天去我外公的书架上找书给他看。

A、B、C、D、E已经成了我的好朋友，尤其是Y，随着W的眉目越长越俊朗，对我越来越温柔体贴，她也越来越经常地把W的名字挂在嘴边，宣布W是她的新一任男神。下课的时候，她挽着我的胳膊，问我要不要去校门口买麦芽糖吃，或者要不要去拍大头照。有的时候，走出门去却看到W在墙角等我，她便把我往他面前一推，看着我因为撞在他的怀里而满面羞红，然后满不在乎地说："把你的女人还给你，大帅哥。"

在Y的怂恿下，我开始在给W的书里面夹小纸条，叠成千纸鹤的形状，说一些暧昧且甜蜜像苹果味汽水般的小心思。我每天早晨惴惴不安地把书递给他，他下午还回来的时候，纸鹤都没有了，但他就像什么都没有发生过一样，问我去不去食堂买珍珠奶茶喝。

我的母亲对我非常严厉，我从来都没有谁可以亲近、可以撒娇，直到遇见W，我把我所有那些无处安放的感情都放在了他身上。在我的青春期里，他是一个既像哥哥又像父亲又像爱人的存在。只要他在那里，我就会觉得安心，觉得无所畏惧，觉得即使全世界都羞辱我也无所谓。

自习课的时候，我把W的名字写了满满一桌子，猛然惊觉，又花了一整节课擦掉。

中考的前一个月，班主任突然来到教室，她板着脸让我跟她走，这是她第一次用这种语气对我说话。

我站起来的时候有些发蒙，主动坐到我的旁边做我同桌的Y捏捏我的手："别害怕，她一定是更年期综合征发作了。"

班主任没有带我去她的办公室，而是去了校长室。她抿着嘴唇，目不斜视地走着，她从头到脚连发髻都散发着对我的失望。我机械地跟着她，双手冰凉，双腿像灌了铅一样沉重。

校长室的门才打开，就有个中年妇女冲过来，狠狠扇了我一个耳光，我被打了一个趔趄，后退了好几步才站住。校长旁边站着的体育老师立刻冲过来抱住她，她顺势靠在体育老师的怀里哭了起来。

"你这个小婊子，勾引我的儿子，我无依无靠，只有这一个儿子啊。他要考不上好学校，谁来给我养老啊。"

她惊天动地地哀号着，威严的女校长望着她，不知怎么办才好，一见我来了，立刻开始数落我。

我才知道中年妇女是W的妈妈，她在他的书桌里发现了我写给W的纸鹤。

"你这个狐狸精，自己不学好，还要带坏我的儿子。我的儿子现在天天看你借给他的那些淫书，每天回家连饭也不做了。多亏Y告诉我，不然我的儿子被你毁了我都不知道怎么回事。”

听到Y的名字我吃了一惊，更令我吃惊的是听到W虚弱地唤道：“妈，你不要再说了。”

我这才发现W站在角落里，他的刘海一直垂下来遮住眼睛，他的脸一直望着墙壁。直到校长问他有没有也喜欢我的时候，他才稍稍侧过一点脸，他沉默了很久很久，然后摇了摇头。

很多年以后，我都记得他的沉默和摇头，在那微小的摆动幅度里，我的世界就此崩塌，所有我喜爱的、我相信的、我珍惜的东西，都灰飞烟灭。

我的妈妈来领我回家，她在我的另一边脸上也狠狠扇了一个耳光，她把我关在书房里，罚我一天一夜不许吃饭。最后还是我爸爸偷偷把我放了出来。

我的初中岁月就在兵荒马乱、鸡飞狗跳中结束了，W的母亲四处说我是个狐狸精，我一时成了许多人茶余饭后的谈资。我有好久都不敢出门，但凡一定要出门，即使是盛夏也戴着帽子、口罩。好在我中考得了全市第一名，很快，大家都只记得我身戴红花在电视里接受采访的样子。

那次之后，我和W再无联系，只是知道他考上了我在的高中，但是没有考进重点班，只进了普通班。他再也没有去上过那个英语补习班。

我和他虽然还是同校同学，但竟然再也没有过一次像样的招呼和谈话。有好几次在礼堂和操场遇到了，我隐隐觉得他在看我，但我一望向他，他的目光就转到其他地方去了。有好几次在食堂打饭的时候他排在我前面，他和朋友一边说笑着一边回过头来，看到是我，他的笑容突然就凝固了。我觉得他像是有千言万语要对我说，但他下一秒若无其事的表情总让我在心里憎恨自己的自作多情。

再然后，我去了香港念大学，从此告别了我的少年时代。我几乎已经忘记了Y的背叛和W的离开。少年们的恶意表现得是那么强烈与直接，但来得快去得也快，我之后还遇到过更糟糕的骗局、更严重的背叛，我甚至开始怀念少年时期的直来直往，那些大声说出来的恶毒的话，和为了讨好你而递过来的一块巧克力。

毕业十年后，我去了初中同学的聚会，Y看到我立马走过来要挽我的手。她举着酒杯自罚三杯，一边追忆往事，一边作势要扇自己巴掌，我立刻拦住了她。A、B、C、D、E也纷纷环绕在我四周，他们赞美着我在香港买的新裙子，做的新发型。我敷衍着他们想要我帮忙买金项链、化妆品、奶粉、iPhone的要求，却在他们说起W的时候，竖起了耳朵。

W没有参加高考，他久未谋面的爸爸突然出现，似乎是发了大财，对这个唯一的儿子心怀愧疚，于是接他去英国念书。

我记住了他们说的W的QQ号。

几年以后，我看到《那些年，我们一起追的女孩》这部电影，突然就想起了W的脸。那时候的他，像是我人生中的一道光芒一样，在所有人都疏远我的时候，因为他走进了我寂寞的人生，之后的那些年，每天早上睁开眼睛的时候，心里有了努力的方向；拼命朝前跑去的时候，内心有了信仰；寂寞的时候，双手环抱自己也会获得一些温暖的力量。我想起我戳着他的白校服问他要英语作业的时候，想起他在操场上练习长跑，脸颊挂满汗珠的时候。我忘记了几乎所有中学同学的名字，却在念他的名字的时候，心里涌过一阵熟稔的电流，像念出了一句咒语一样。

我想起关于他家的传闻，他那神态疯狂的母亲，他从小就比我经历更多，背负更多的职责，也有更多的难处。所以，我也不再恨他当初在校长办公室里的摇头。

看电影看得泪流满面，我登上了很久未用的QQ，给他发去了一个“Hi”。

他很快也回过来一个“Hi”，还有一个笑脸。

“你还记得我们中学时候的事情吗？”我问他。

他说："我还记得，有你在的日子是我一生中最美好的时候。"

我不知道该回答什么，不知道他口中的美好，有什么样的暗喻。

回过神儿来却突然看到他发来的话，他问："中考之后的夏天，你为什么一次都没有来赴我的约。"

我傻眼了，问了很久才知道他为了表示歉意，每天都放一只纸鹤在我们家的信箱里，约我出来，要向我道歉。只是他记错了我家的门牌号，每次都放到我家楼下那户人家的信箱里去了。

"我以为你对我已经没有感觉了。"他说。

"我以为你从来都没有对我有过感觉。"我说。

他发来一个悲伤的表情，我默默关了聊天窗口，无言以对。

7月24日，一个星期内连续发生三起空难的日子。我突然收到他的微信。

他说，他现在准备登机去纽约。

他说，他突然生出了对于死亡的恐惧。

他说，如果飞机坠毁了，他希望接下来的一句话是他留给世界的遗言。

但是接下来这句对方显示"已撤回消息"。

最终他还是什么都没说，我呆呆地看着屏幕，但我知道，他的飞机会平安降落的，他在这个世界上，还有许许多多的话要说，许许多多的事情要做。我和他，都会各自走完一段长长的旅程，去追求各自的梦想，而我和他的故事，就如同那条没有发出的短信，只会成为回忆里的一道青涩又甜蜜的风景。

在W之后，我再也没有那样纯粹地爱过别人。有的时候，我忍不住想，如果我当初不和Y做朋友，不把给W写纸鹤的事情告诉她会怎么样呢？如果他在办公室里没有摇头会怎么样呢？如果他没有把纸鹤放错信箱会怎么样呢？如果高中的时候，我和他可以重新变得熟悉起来会怎么样呢？但我从来没有沮丧或者遗憾的心情，只是觉得感激，感激在我最年少单纯的时候遇到了他，感激他陪伴我走过我最孤单的岁月，感激他慢慢让我找到了更好的自己。人生里，并不是所有的故事都需要迈向一个完美的结局，我感谢邂逅，感谢相遇，感谢生命为我们安排的所有奇迹。我感谢生命里青苹果一样的酸涩和蜂蜜一般的甜蜜，感谢喜怒哀乐让我的生活充满了丰盈的色彩。

没有什么比用力活着、用力去爱更美好的事情了。

# 二月

# 初恋

# 骑士先生

阿飞最喜欢在雨里骑摩托车，尤其是那些台风来袭的深夜。他骑着他的摩托车，沿着海边迎风前进，再沿着陡峭的上坡路骑去山顶，在茂密的热带植物中穿梭，最后进入整个香港最繁华的中环，然后再兜一个圈回到家。他看一看表，老王家的早餐铺也开了，就拐进去吃早餐。

老王在旧区开着一家点心店，租金一年年涨，但点心还是十几年一个价儿，他一走进去，正在熬着猪骨汤的老王就吆喝起来："阿飞，今天的鱼好靓，记得要喝鱼片粥。"

"好的，来一碗！再要萝卜糕、虾仁烧卖、叉烧肠粉，喝普洱茶！"

茶足饭饱，他解开防水外套的扣子，用手指梳开被雨淋湿的头发，打着饱嗝向他的摩托车走去，一边走一边在期待着什么。虽然他一次又一次告诉自己别想那么多，但随着距离他的摩托车越来越近，他的心跳得也越来越快，手指不由自主地握成了拳头，连大气也不敢出。

“是了，就是这个！”他突然激动地挥起拳头，差点儿就叫出声来。只见他的摩托车的车柄上挂着一只粉红色的兔子，兔子身上隐隐还粘着一封信。他的心里涌起他自己也不知道为什么的如此巨大的欢喜。

一年多前的一天，他的几个最出色的学生被新来的同事抢走了，他第一次想要好好做一份工作，却遭遇了不公平的对待，他深夜沿着海岸线狂飙，迎着风大吼，然后照例将摩托车停在两个街口外，走去老王家吃饭。吃完饭回来的时候，突然发现摩托车的把手上挂着一袋巧克力糖果，以及一封信。信上写着：“骑士先生：希望巧克力能令你开心。”

这算是他收到的第一封情书吧。他长得不帅，不富有，学习也不好，学生时代从未收到过情书和神秘礼物。他后来留恋夜场，抽烟喝酒跳迪斯科样样在行，成了备受女人追捧的坏男生，但那些爬上他床的女人，也从未有过如此浪漫甜蜜的小心思。他看着那袋巧克力，在他未察觉间，怒气和愤懑就慢慢淡了。他不由自主拍了照片放到网上，才十几分钟，他那些健身学校的学生们便纷纷留言说他真是好艳遇。

他心满意足地跨上摩托绝尘而去。至于那袋巧克力，他小心翼翼地放在书架上的显眼位置，直到有一天打扫的时候才发现巧克力全都化了，变成了黏糊糊的褐色液体。

巧克力之后，他还收到过抹茶饼干、手机链，以及让他误以为是保险套的钥匙扣。每一件小礼物都附有一封信，写着："骑士先生，你最近好像瘦了一点。""骑士先生，你的摩托车沾上了泥巴，我替你擦了擦。""骑士先生，你这件T恤真好看。"

礼物总在最难以预测又最恰到好处的时候到来，仿佛有个与他心灵相通的人在冥冥中关照着他。他一次又一次向别人炫耀，炫耀着难能可贵的关心和体贴。但几次三番之后，无论是他的学生还是他自己都觉得不对劲起来。那个神秘人似乎轻易就掌握着他的一举一动，知道他每天什么时候下课，知道他什么时候心情郁闷什么时候心情开朗，知道他去了哪里度假。他的心情从开心变成了怀疑，最后几乎要得精神分裂，他再也不敢吃那些精致的食物，担心里面有毒药、麻药或者催情药；他晚上睡在床上看着天花板上晃动着的蜘蛛网，看着看着便仿佛看到暗处有双眼睛在注视着他，等他定睛再看，却又不见了；他不再骑摩托车，因为一骑上去，便感觉有一双陌生的眼睛在跟踪着他，让他脊背发凉。

不知道是因为那些礼物看起来实在太过无害，还是因为阿飞本来就是个大大咧咧的人，恐惧并没有持续多久。再加上他改坐巴士上下班之后一个礼拜要迟到三天，差点儿被健身学校开除，他心一横，心想自己要财没财要色没色，又不是妙龄少女，还怕别人贪图他什么吗？一旦想通，他立刻去车库里把他的摩托车仔细擦了一遍，脚一蹬，又风驰电掣地骑了出去。

那个偷窥者倒就此消停了下来，一个星期、一个月、几个月，他的摩托车空空荡荡的，上面什么都没有。到最后，他自己也不知道为什么，但哪怕不顺路，或者要赶着去上课，他都要拐到老王家这里来，把摩托车停在两个街口外，然后吃一顿饭。吃完饭他还要喝一壶茶，吃几块桂花糕，磨蹭半天才离开。

直到快五个月后的今天，他才再一次收到了神秘的礼物和来信。

他激动地把兔子揣在怀里，没过几秒钟又拿出来端详，这一回，他的眼角的余光扫到一个胖乎乎的女孩匆匆离开的背影。

“我上次摩托车陷到泥巴里，有个胖乎乎卷头发的女孩来帮我推，我还没来得及道谢她就走了。”在老王的店里，他一边啃着卤汁鸡翅一边说。

“我这次卤汁做得很入味是不？”老王把毛巾从肩膀上拿下来，擦一擦脸，突然想到了什么，“莫非你看到的是张家的珊珊？”

“这附近住的都是老头老太，小姑娘的话可不只有珊珊。”店里的食客纷纷插嘴。

“你知不知道珊珊住哪里，要不是她，我季度考评一准要迟到，我想买些礼物向她道谢。”

老王想了一会儿，把毛巾取下来，仔仔细细擦了把脸，理了理身上油腻腻的汗背心，他用从未有过的严肃口吻说：“你去看看她也好，她一个人在家里闷得慌，但她特别可怜，你千万不要招惹她。”

阿飞这才知道珊珊患有严重的先天性疾病，从小学开始就没有再念书了，每过几个月就要被救护车载到医院里面去。为了赚钱，她的爸爸妈妈去了东莞，在香港人开的制造厂里做监工，每个月三班倒，从不休假，所有的钱都花在了给她看病上。她和她奶奶一起住，只有每天早晨她奶奶去买菜的时候，她才可以出来逛一逛。

阿飞守在珊珊的楼下，她穿着旧旧的黑色灯芯绒裤子走下来，一看到他，她的脸立刻绯红了，张大嘴露出梦幻般的微笑。但接下来，她的脸立刻又变白了，猛一个转身，拼命往楼上跑去。

他想要追，想到她的病，怕吓着她，就站在楼下，一连声地喊：“珊珊，张珊珊，谢谢你的礼物，我也给你带礼物来了。”

突然，五楼的窗户开了，她露出个笑脸，双手撑在窗框上，欢喜又略带狐疑地问：“真的有礼物给我？”

阿飞用一大袋进口糖果俘获了珊珊的心。她坐在街心公园的花坛上，吃了一颗红色草莓味道的，又吃一颗绿色蜜瓜味道的，然后心满意足地笑起来。她有些胖，单眼皮也不算好看，但她笑起来的时候特别纯净，从嘴角到眼尾连带她的几颗青春痘都笑意盈盈的，他很久没有看到过这样发自肺腑的笑容了，像是尘世里的一道光芒一样，虽然微小，但是有着属于自己的温暖。

她不好意思地把脸埋到手掌里，露出绯红的额头，小声承认了自己从一年多前就开始注意到阿飞。

“你开得好快，总是呼啦一下就不见了，像电影里面要拯救世界的英雄一样。后来有一天，你竟然停在我家对面，我央求了奶奶好久，她才允许我走下楼去摸一摸你的摩托车。”

阿飞愣了一下，他跟英雄可八竿子打不着。他最初开始骑摩托，就像他十七岁那年在背上刺了个老虎的文身，就像他十八岁那年辛苦健身一样，都是为了得到女孩的欢心。他摩托车的后座载过无数个在夜店或者在网上认识的女孩，他将她们环在胸前，亲吻她们，带她们去他家，慢慢进入她们的身体，骑摩托车对他来说，曾经只是一种宣泄欲望的途径。

一直到他年纪越来越大，额头上的细纹多了一条又一条，他才慢慢收了心，不再留恋夜店，而是去健身中心做了教练。他教得很好，上课也不开玩笑，一个小时教的内容比其他教练两个小时教的还多，慢慢也有了一批学生。他一直想攒够一些钱，然后去土耳其，从亚洲一直骑到非洲去，看看外面的世界究竟是如何。

“我没见过什么世面，也从来没有看到过像电影里面一样帅气的摩托车手，所以我开始每天都趴在窗边等你来，奶奶让我午睡我也睡不好，一听到有引擎的声音我就飞快地爬起来跑到窗前去看。”她仰着脸望着他，略噘着嘴，有种纯净的娇憨姿态，“后来我发现你都是早晨或者黄昏的时候才来，再后来我发现你周四从来都不出现，周五的时候常常很晚才出现，但是下雨天就一定会来。有一天你出现的时候特别沮丧，你把头盔狠狠地砸到地上，我想，英雄忙着拯救世界大概也会累吧，如果给你一块巧克力吃，你可能会开心一点。”

“但是你前几个月都没有出现。”他说出口之后才发现话里的醋意，像年轻情侣之间的拌嘴。

“因为我住院了啊，每个冬天我都是在医院里过的。一出院我就去给你送礼物，那时候行动还不大利索，结果就被你发现了。”她不好意思地吐一吐舌头。

他愣住了，手指上的烟静静燃烧，一大截一大截白白的烟灰落在他的鞋子上。他活到四十岁，遇到过许多不同的女人，但与她们都是浅尝辄止、止于肉体的交欢，然后要么他抛弃她们要么她们抛弃他，但珊珊却观察着他生活里的每一次皱眉和每一次欢笑，真心实意想要他开心起来并且不求回报。他为自己曾经恶意揣测过她而羞愧。

阿飞很快和珊珊熟悉起来，因为和她在一起总能感受到轻松愉快，所有的烦恼和琐事在她的笑容面前都灰飞烟灭。只有在他要离开的时候，她的笑脸垮下来，欲言又止，最终还是忍不住问他：“阿飞哥哥你下次什么时候过来？”

“下次啊，后天好不好？”他拿珊珊的眼神没辙。

他每次上完课，都去冲凉间把自己洗得干干净净，换上那件珊珊最喜欢的T恤衫，连旁边跑步机上晃着丰满乳房跑步的妙龄少女都顾不上看一眼，立刻骑着摩托车走了，只留下他一班学生在后面起哄：“飞哥，什么时候带我们见师母啊。”

珊珊已经听得出他的引擎声，他一开过来，她的笑脸就从窗户里探出来，等到他停好车，她已经踢踏着人字拖“吧嗒吧嗒”跑下来。

她从小到大见到的世界只有那个窗框那么大，每天奶奶买菜的时候也只敢在附近街口走一走。阿飞蹲在她面前，说：“我带你去兜风好不好？”他想了好几个晚上，才想到用这个来报答她不求回报的善意。

她毫不犹豫地点了头。她已经十八了，但仍然对世界充满了孩童般的好奇，她完全不知道这个世界的阴暗面，只有人本性中的善良和信任。他在她面前总有种如同赤身裸体般的尴尬，让他不由得转开了眼。

他想起他十八岁的时候，他的妈妈跟人跑了，爸爸酗酒不归，他开始憎恨全世界的女性，他把她们一个个骗上床，利用她们，使用她们，再像丢垃圾一样把她们毫不犹豫地丢弃。吊诡的是，他越冷酷无情，便有越多的女性对他如飞蛾扑火般热烈，那时候的他暴戾乖张，简直是她的反面。

他所幸并没有酿成什么大错，但如今他已经四十岁了，却从未感觉到爱，仍然是孑然一人。

他第一次带她兜风，她吓得在他身后鬼哭狼嚎，他不得不半路停车，把双腿发软的她抱下来。她大概也觉得丢脸，离开他的怀抱，一个人颤颤巍巍地靠墙站着。他把他的外套脱下来递给她，很自然地就牵过她的手。

他们在下班时间川流不息的人流里行走，他小心地护着她。路过水果摊、糕饼店、糖果铺，他给她买了一串昂贵的菲律宾香蕉，又给她买了两个蛋挞，没走几步又给她买了米奇造型的糖罐。

她挑了个最大最黄的香蕉剥开了递给他，他有些不好意思，三口两口塞进嘴里，她又从口袋里拿出白手绢，让他擦嘴。

他小心翼翼地接过白手绢，也不敢真的抹嘴，做做样子之后就还给她。他脑子里一遍遍回放着她做的每一个动作的每一个细节，那样细致入微的体贴。

她从来没有机会好好看这个世界，却天生有一颗柔软的心。他看着她每次经过乞丐身边的时候都煞有介事地投一块钱进去，如果是其他人这么做，他只会觉得可笑，但她来做的时候，他只看到善良。

她擅长发现陌生事物中的美好，当他在雨夜骑行完毕来看她的时候，她指给他看海天交接的地方，那暴雨过后特别纯净的云彩，被初升的太阳渲染成深浅不一的红色，彼此交融又彼此分离。她带他去街心公园里属于她的秘密角落，她给花花草草都起了名字，她小心翼翼地帮助蚂蚁搬运食物，收集雨后荷叶上的露珠。

“那一天，当你面对巧克力而终于不再皱眉头的时候，我觉得那么幸福，觉得自己终于在某种程度上成为了一个有用的人。从那天开始，给你写信，给你做饼干，给你买礼物的时候，我都觉得自己是一个幸福的人。”她毫不在意地说着，他却听得呆住了，他第一次开始思考原来付出也是可以得到幸福的。

她对于他的情绪有非常敏锐的感知力，当他因为学校的事情而烦恼的时候，她便让他坐在她房间唯一的那把椅子上，给他讲她从收音机里听来的故事，她学电视里面的人唱歌给他听，跳舞给他看。那小小的不过五平方米的房子是她十八年来的舞台，而他是进入其中的第一个也是唯一的观众。

她把天花板上的灯打开，自己站到灯光下，像是演员站在追光灯中央一般。她扬起脖子，踮起脚尖，双手伸长举过头顶，做出兰花指的样子。她一会儿甩动长长的卷发，一会儿沉下肩膀，舒展双臂，一会儿蜷起膝盖，再高高地踢出腿。她微微闭着眼睛，在音乐中笑着、跳着，绕着她摆满各种中药西药的茶几转圈圈。她当然没学过跳舞，肢体颇为笨重，各种动作都不到位，腰间还有赘肉，但她专注的神情中有着惊人的美丽。她的活泼，她的昂扬，她对于生命的热爱都狠狠震撼了他。她笨拙的身体里的美好灵魂通过她的舞蹈准确无误地展露出来，让他为他对于人生的挥霍而羞愧。

“好不好看嘛，阿飞哥哥。”她跑过来问他，身体微微有些绷紧了，生怕他说不好看。

“好看好看。”他摸摸她汗湿的头发。

“我就知道你觉得好看！你刚才脸还绷紧着，现在笑得那么开心。”她也不否认，侧过身子来捏他的脸颊，“要是我没有生病，我肯定能做一名芭蕾舞演员。”

但是她从来没有抱怨过她的病，没有抱怨过不能做一名芭蕾舞演员。她只是缠着阿飞，让他给她讲他班上的同学，问他们在学校里上几门课，每天工作几个小时，问他们都穿什么衣服，是不是经常出去旅游。

她的书架上堆着各种各样的课本，墙上贴着英文生词表，她自学完了一章，做完后面的作业就让阿飞帮她批改。他当初没有好好念书，现在为了教她，竟然把二十年前的物理课本也翻出来看。

他在她生日的时候，带她去看了俄罗斯芭蕾舞团来香港演出的《天鹅湖》。她屏着呼吸，伸长脖子，看得都傻了。

之后，她自创的舞蹈里又多了那天学来的动作，她一遍一遍踉踉跄跄地旋转着，摔倒了再爬起来，累到头晕就喝两口水歇一歇，到最后竟然也能转上两圈。

他心惊胆战地在她身后保护着她旋转和跳跃，她下巴扬起的优美弧度彰显了她灵魂本源的美丽。

夏天和秋天很快就过去了，冬天的第一次寒流来袭的时候，珊珊病倒了。

她住进了医院，成了131号床的病人。

她执意不让他去医院看望她，她说，因为他来了她也不能跳舞给他看了。她说，等到春天来临的时候她就能出院了。

他每天都经过她家门口，哪怕不上课他也特意骑过去，但现在，无论他的引擎多么隆隆作响，五楼的窗户都不会有她探出来的脸蛋了。

他是直到这时才发现珊珊已经在他的生活中占据了那么重要的地位。自从认识了珊珊，他不再打麻将，不再去喝酒，他疏远了那些本来也算不上亲近的酒肉朋友，在她狭小的房间里扎下了根。

她的奶奶把他当成另一个孙子来照顾，他每次衣服被雨淋湿了，老人家都赶他去洗澡，找来珊珊爸爸的衣服给他换上。若知道他要来，饭桌上总是会多一副碗筷，再多一样他喜欢吃的菜。

他因为看不见珊珊而非常恐慌，不单单是想念，更多的是害怕——她是他现在生活里最美好的事物。他过去也拥有过美好的事物，但都被他弄丢了，而这一次他特别害怕会重蹈覆辙。

他一天抽两包烟，他上课的时候话越发少，练得越发狠，他的学生一个个累得趴在地上。有几个懂得察言观色的跑过来，旁敲侧击地问他是不是和师母吵架了。

他不知道该怎么说，他从来没有和珊珊拥抱接吻什么的，也没有说过我爱你你爱我，但他无论做什么事情，吃饭也好，跑步也好，睡觉也好，他都没办法心无旁骛。因为珊珊永远在他脑中的一个小小的角落里，她在那里笑着唱歌跳舞，她注视着他，她已然变成他生活的一部分。

天气一天比一天冷，他去商店买棉袄，最后付钱的时候，才发现自己竟然拿了一件粉色的女式棉袄。他数着和珊珊分离的日子，五天、十天、二十天，他觉得自己成了一具行尸走肉，不知道还能不能撑到春天到来。

他的学生们想了一招，他们把他灌得烂醉，给他开了酒店房间，找来小姐，希望身体上的发泄可以让他的心情变好。

他的头脑让酒精给变成了一摊糨糊，在炸裂般的头痛里，他看着陌生女子从浴室里走出来，褪下浴巾，露出丰腴的乳房和长腿，她专业地摇一摇丰满的臀部，舔一舔手指，充满挑逗地看着他。

她越走越近了，他也越来越无法逃避真相，他真实的情感慢慢清晰起来，慢慢变得有质感起来，所有的一切都近在咫尺，呼之欲出，他再也无法把自己埋到沙砾里假装看不见。

他用所有的意志力支撑着，站了起来，胡乱穿上衣服，脚步趔趄地夺门而出。

阿飞去了医院，他站在131号床前，她竟然变成了一个瘦子，脸颊凹下去，下巴锋利得像一把刀。他就那么静静地看着她，直到她醒来，发出一声尖叫，然后立刻灿烂地笑了起来。

他每天都来看她，和她在医院的草坪上野餐。她穿着蓝白条纹的病号服，唱歌给他听，跳舞给他看，只是她再也没有力气旋转跳跃了，只能随着音乐摇摇脑袋，拍拍手掌。

“啊呀，跳得不好，等我有力气了再跳给你看。”她颇有些懊恼。

“那就要立刻好起来啊。”他让她坐下，给她擦汗，然后不由自主地亲吻了她的额头。

她稍微有点儿精神的时候，他开着摩托车带她去吃好吃的，带她去看电影，带她去舞蹈教室，隔着窗户看女孩们排练。她常常没坚持几分钟就睡着了，趴在他背上，他把摩托车开得很慢很慢，慢到他觉得仿佛会这么一直开下去，没有尽头。

到后来，她已经完全下不了床，但是还是会送礼物给他，是用漂亮的糖纸折成的小动物。她还是像以前那样仔仔细细地问他的工作，看他练得越发紧实的肌肉。他稍微皱一皱眉头，她就不遗余力地讲笑话逗他开心，只是她现在还没讲完一个笑话，就要停下来好一阵咳嗽。

但是无论是在无尽的呕吐中，还是因为疼痛而整夜睡不着的时候，她都用尽全力微笑着，仿佛生活是一件愉快简单的事。

他望着病床上她羸弱的身躯不由自主就湿了眼角，她的奶奶反倒来劝他，从保温桶里分一点鱼汤给他喝。

这个年迈的老人以和她年龄不相符的力气拍着他的肩膀，说：“小伙子，振作起来，后天就立春了，她马上就会好了。”

春天如期而至，草长莺飞，百花盛开，甚至连夏天都很快到来。

但珊珊最终还是没有走出医院的大门。

她在他面前只哭过一次，是在她从昏迷中短暂醒来的时候，她鼻子嘴巴上都插了无数管子，不能说话。她的眼睛里含着满满一圈眼泪，晶晶亮亮的，她用尽仅剩的力气不让眼泪掉下来。

他给她看他的存折，他那么努力地上班，已经存了几万块，他说：“张珊珊，你快点好起来，我带你去土耳其骑摩托车！”

他怕她在仪器的蜂鸣声中听不见，所以一连喊了好几声，直到她再次陷入昏迷。

她再也没有从昏迷中醒过来。

两年后的冬天，阿飞终于攒够了钱去土耳其。他已经在健身中心做到经理，带领一个十几人的团队，他的学生拿到了不同级别的健身冠军。

他骑着他的摩托车翻山越岭，见到了许多他从未见过的风景，认识了许多有趣的人，他感觉自己的生命好像被打开了一些。他的座位后面绑着一个小包裹，里面有珊珊的照片，还有一叠信纸。

亲爱的珊珊：你给我写了那么多信，今天终于轮到我给你写一封了。我现在在土耳其，是我们一直想去的地方。我骑了很久很久，迷路、翻车、受伤。但越骑下去，我越觉得心胸开阔。在认识你之前，我从来没有体会过爱，体会过关怀，也从来没有尝试过把生命和一个人紧紧相连。一直到遇见你，你的笑容可以轻易带走我的郁闷，和你的开心相比，其他所有的事情都显得那么不重要，我再也不敢偷懒和花心，生怕会令你失望，而即使见不到你，我也觉得你就在我身边。我不知道这个算不算爱，但如果这辈子我会爱上谁的话，那一定就是你。谢谢你出现在我如此荒凉的生命里。你最后的愿望是希望我替你看看这个世界，但愿我没有令你失望。我爱你。

阿飞把信系在气球上，轻轻松开了手。他站在广袤的原野上，头顶是灿烂的星空。不远处停着他的摩托车，那只粉红色的兔子已经风尘仆仆，但仍然安稳地挂在他的车把上。

# 三月 牵手

# 那个教会你爱与被爱的人

夏莹莹初次见到安东尼，是在一个夏末的傍晚。她背着大包小包从老家回到宿舍，饿得够呛，来不及把汗湿的T恤换下来就去了食堂。

她正大口大口地吃着滑蛋叉烧饭，突然有人拍了拍她的肩膀，问她去明德楼怎么走。

她嘴里刚塞了一大勺饭，既没办法开口说话，又不好意思当着陌生男子的面大嚼大咽。

“不着急，你吃完之后带我去吧。”陌生男子倒不介意，搬了把椅子坐下来，笑盈盈地看着她。

她觉得很尴尬，只好忍痛舍弃还剩一半的叉烧饭，陪他去明德楼。

这一年最关键的事情就是找工作，她的母亲希望她留下来工作，然后嫁给一个富有的本地男子，七年之后做香港永久居民，再把她也接过去。她的母亲说整个家族的未来到底是继续在鸡窝里待着还是跃上枝头做凤凰就全看她了。她的母亲是个好人，只是一生都为钱所困，从未真正幸福过。

她暑假里在酒楼、甜品店、杂志社一共打了三份工，赚钱买了体面的西装和高跟鞋。她的粤语已经讲得很流利，出去面试的时候妆容精致、举止得体，面试官点着头说你看起来一点儿都不像是外省人。她没日没夜不管不顾拼命努力着，她不自怨自艾，不自暴自弃，她永远都咬紧牙关，觉得没有什么事情可以打倒她。

她把电脑和教科书都拿出来，还有一本日记本，记着那些最著名的投资银行网上申请的截止日期。

安顿好之后，她穿着T恤拖鞋去食堂，点了滑蛋叉烧饭和冻奶茶。

她对他们的相遇没有太多的印象，只记得他很高，她陪他去明德楼的时候，他走在马路上，而她走在人行道上，却还是没有他高。

她和安东尼分别之后立刻收到了他发来的一个Facebook好友邀请，点进去就看到安东尼那竹竿般突兀的身材。她看到他个人介绍里写了“来自立陶宛”，顺手去查了一下世界地图，在一个她从未注意过的角落里发现了这个其实也不太小的国家。

安东尼的Facebook很有趣，会分享很多双关语的笑话，他很喜欢黑人的饶舌音乐，喜欢印着各种各样稀奇古怪图案的T恤，喜欢做各种各样的鬼脸。她有的时候累得连喝完两大杯咖啡都睁不开眼睛，就进去看安东尼分享的笑话，总会精神一些。他也会给她留言，刚开始的时候问她哪里有好吃的，选课系统怎么用，哪里可以搭通宵巴士。慢慢地，也开始聊些兴趣爱好、人生理想、世界观和价值观。安东尼睡觉很晚，夜深人静，她写求职信写到烦躁的时候望着他头像下那个绿色光点，觉得有一丝慰藉。关在房间里工作了一整个周末的时候，她打电话给他，和他随便聊些时事新闻、教授八卦，脑子里绷紧的那根弦仿佛一下子放松了。

最难能可贵的是他永远在那里，从来没有不回答她的问题，从来没有忽视她的短信，从来没有嫌她烦。

九月底的时候所有交流学生有去澳门的免费旅行，每个人还可以邀请一个同伴，大约是为了鼓励留学生和本地学生拍拖。安东尼也不多问，就把她的名字报上去了，等到船票和酒店入住单都下来了，他就走到她宿舍底下拿给她。

她记得那一天的秋色，空气里的潮湿逐渐褪去，树叶逐渐变黄，连带太阳的光芒也变成金黄色的了，照在她宿舍门口爬满紫藤花的墙壁上。在那么微扬的秋色里，他穿着白色衬衫，袖子挽到手肘处，很自然地就把票递给她，也没多说什么。她也就默默接过了，然后转身离开，走到门口了，又停下来，倚着门框问他："你怎么知道我一定有空儿，一定会跟你去？"她问这句话的时候，不知道怎么觉得有些委屈。凭什么你觉得这么简单就能约到我？

“你没有空儿吗？”他问道，突然语无伦次起来，“你看，我也不认识别的本地学生，那一天学生事务处一定要我们说一个名字，还要留电话，我就留了你的。如果你不想去的话，没关系，我……”

“我会去的。”她冲他笑了一下，转身上去了。

夏莹莹并不太记得他们在澳门究竟干了什么，只记得有很多很多人。上巴士，下巴士，吃饭，吃小吃，排队上厕所，排队入场，买纪念品，拉着学校的横幅合影。虽说是度假，到了酒店的时候，大家都累得够呛。其他留学生商量着去当地最出名的夜店玩个通宵，陪他们一起来的本地学生扭扭捏捏但也半推半就地答应了。夏莹莹想起夜店只觉得头痛，她最讨厌里面闪烁的灯光、震耳欲聋的音乐和满屋子烟味儿，回去之后她要连洗三次头才能洗干净那些臭味，好在安东尼也不想去，想在周围走走看看澳门的夜景。

她带安东尼去了当地有名的大排档，吃濑尿虾、椒盐九肚鱼、蒜蓉扇贝、豉椒炒蛏子。他别别扭扭地剥着虾壳，汁水流得满身都是，他解释说因为在他的国家海鲜非常昂贵，他很少有机会吃到。海面上凉风习习，他们就着波涛声喝了几瓶啤酒，走回去的时候夏莹莹一个没站稳，差点儿崴了脚，安东尼飞快伸手护住她，帮助她站稳了，又把甩脱的高跟鞋捡回来，弯腰替她穿上。他太高，弯腰对他来说好像颇费一些力气，再加上他也喝了酒，动作不免有些踉跄。

她望着他蹲下去的身影，突然觉得又感动又甜蜜，心里像是有许许多多的蒿草在摇曳。

他们走到酒店里，她的房间在他的对面。

“晚安。”他冲她挥挥手，走进房间里。她站在走廊里望着他关上的房门，有种说不上来的怅然若失。

“你到底在期待什么啊？”她问自己。

在澳门玩了三天回来，她记事本上要做的事情已经堆成了山，好几家银行要填申请表格，又有几家邀请她去做笔试。她从图书馆早晨八点半开门一直待到图书馆午夜十一点关门，一日三餐都在食堂将就吃点儿。

周日上午十点，她正在网上看高盛银行面试的资料，突然收到安东尼的短信。

他食物中毒上吐下泻不止，问她去附近哪家医院好。

她想也没想就说我陪你去，安东尼死活不肯让她陪，说怕耽误她的时间。

她一条短信接一条短信地追问他在哪里，是不是已经去了医院，他发来一条“不要担心”之后就不再回复。她怅然若失地待在图书馆的角落里，电脑、笔记本、英文字典和荧光笔散落在四周。金秋十月，窗外许多嬉戏的少年，湖边的散步径上散落着好几对情侣，麻雀在咖啡馆外面的桌子上起起落落，啄食客人剩下的蛋糕屑。世界静谧得只剩下她自己的心跳声。她仿佛可以看到他穿着白衬衫，痛苦地扶着马桶呕吐的样子。她越想越不安，越想越烦躁，“砰”的一下把手里的圆珠笔扔出去，前后左右的人都对她侧目而视。

直到晚上十点多，安东尼才回复她，说他已经回到了宿舍，没什么大碍，让她不要担心。

她胡乱地把东西放进书包，飞奔去他的宿舍，走到门口才想起来她还不知道他住哪一间房，她就从一楼开始，仔仔细细地看每一间房的名牌，许多人都诧异地看着她，窃窃私语。直到一间房门突然开了，安东尼探出头来。

“进来。”他简明扼要地说。

“舍监刚才用内部广播通知我们有可疑女子闯了进来。”他穿着一件篮球背心，坐在床沿，脸色灰白，嘴唇雪白雪白的，但好像神志还清醒，“我一猜就知道是你，怎么不发短信问我？”

“怕你像下午一样不回。”夏莹莹说出口之后才体会到自己话语中小女生般的怨气。

“下午我手机没电了。”他有些不好意思地说。

她站在门口，他坐在床沿，两个人沉默无言。他们好像也没有见过几次，更没有像现在这样独处于狭小昏暗的空间。

“你能帮我揉揉肚子吗，还是很痛。”安东尼突然说。

“好啊。”夏莹莹应道，有种柔软的感觉从心底蔓延开来。

安东尼就躺到床上去，夏莹莹坐在他身边，她伸出手，将手掌缓缓按在他的腹部，轻轻地揉了起来。

房间的窗帘拉得死死的，好几条浴巾凌乱地堆在地上，球鞋一只在门口，一只在桌子底下。空气里有种呕吐物的酸涩，床单湿冷湿冷的。

安东尼皱着眉头躺在床上，他呼吸轻浅，脸颊有汗水不断流下。他随着她手指的移动而缓缓呻吟着。

她环顾四周，想找到电热水壶、一些容易下咽的食物，或者一条干净的毛巾，但他的房间非常简单，除去书和衣服外几乎什么都没有。

等她察觉有水滴流下时才发现自己已经流了一脸眼泪。她觉得伤感，觉得悲哀，觉得孤独，她不由得伸手去抚摸他的脸颊。有许许多多的感情像决堤的洪水，在她的心中蔓延了一地。

“我爱你。”她轻轻却又清晰地说道。

夏莹莹照顾了安东尼三天，直到他不再把吃下去的所有东西都吐出来，不再在夜里打冷战，不再昏睡过去说着谁也听不懂的胡话，才回到自己的宿舍里。

进入了十一月，几家最顶尖的投资银行已经发布了最后一轮面试的名单，但是她都不在其中，即使是她自认为面试发挥很好的那几家。她不得不开始找一些不太出名的银行和基金公司。

她没有家叔世伯的推荐，也不是国外名校回来的，她很吃力地学英文和粤语，参加社团活动，去国外交流，培养国际视野，但依然改不了那一丝丝的福建口音。她叹了口气，想自己过去真的是太高看自己了。

班上坐在她前面的那个漂亮且拥有许多名牌手袋的女生张丹娜已经被摩根士丹利聘用了，一边微笑着接受众人的祝贺一边说晚上她请大家在兰桂坊的Dragon I饮酒。男生听得欢呼雀跃，她从人群里挤了出来，突然收到安东尼的短信。他说请她吃饭，作为报答。

安东尼约她在一家烧烤店。她特意回宿舍换了一件绣有花朵图案的白色露背毛衣，套上一条紧身的牛仔裤，穿上一双大红色的高跟鞋，涂上大红色的口红。她在镜子面前来回照了好几次，把头发绑起来又放下，最后盘了个发髻。她也不明白自己为什么要打扮，难道是要诱惑安东尼吗？

但安东尼也没有夸她性感，他只是点了许多好吃的，牛舌、牛肉、黑椒猪颈肉、盐烤鸡翅。他不停地烤，烤完就递给她。她不太吃，盘里的鸡翅都凉了，他就把鸡翅夹到自己碗里，然后把新烤好的鸡翅递给她。

从澳门回来之后，她就常常进入恍惚的状态，不知道自己在干什么，又是为了什么。她一直在奔跑，跑了很久很久，超过了她的中学同学，超过了她家乡的亲朋好友，超过了那个因为爸爸不见了而终日哭泣的女孩。她用尽全身力气想要和过去的自己切断联系，想要变得强大，但她从来没有仔细想过要跑向哪里。直到安东尼出现，她的脚步不由自主变慢了，身体也疲倦了，她开始环顾四周陌生的风景，开始觉得迷茫，不知道身处何地，不知道将去往何处。

终于，安东尼把烤炉关了，放下铁钳和剪刀。

“我本来想等你吃完饭，去海边散步的时候再说的，但现在看来，好像不说的话你就不肯好好吃饭了。

“为了让你多吃一点儿，我决定还是现在说吧。

“我也爱你，我们在一起吧。”

“好的。”她说，在他伸出手来握住她的手的时候，她轻轻转开了头，想要掩饰突然滑落下来的泪水。她的生活里从来没有别人，直到安东尼误打误撞地闯了进来。

他看到她很晚还在Skype（一款即时通话软件）上，会发短信来叫她快点睡觉；他知道她喜欢那些双关语的笑话，每时每刻都准备着好几个，她一说闷，他就讲给她听；她忙着准备找工作没时间复习考试，他把她的教科书拿去了，看完之后把重点都画好，让她只要看他做记号的部分；她写不好英文简历，他替她修改了好几次，确保每一个标点都是完美的；还有那次在澳门，她走脱了奔向未来的红鞋子，他跪下来，重新帮她穿上。

当安东尼轻轻吻去她的眼泪的时候，她才发觉自己又哭了。

每周五下课后，她都会去他宿舍和他一起过周末。他是交流生，本来不用修很多学分，但他自告奋勇替教授做实验。他们坐在同一张书桌上，她找工作，他查资料，有的时候，他会腾出一只手轻轻抚摸她的头发，她如果有空，也会给他一个温柔绵长的吻。

留学生住的是学校最新的楼，按照英国风格来建造，窗户都修得很大，窗外一排整齐的梧桐树，因为是冬天，所以阳光特别好，透过幢幢树影照射进来。他们在阳光最温暖的午后一起睡一个午觉。有的时候做爱，但大多数时候，都是她睡在他的臂弯中。他们讲起各自的童年，她的水乡，他的原野，她陷于考试和分数中的童年，他自由自在奔跑和骑马的童年。他们还会说起喜欢的作家、喜欢的音乐、年少时候的梦想、班里面奇怪的同学，在半梦半醒的蒙昽里，他们谈论除了未来以外所有的话题，一直到他在她的额头上印下一个干燥温暖的吻："我的睡美人，该起来工作了。"

第二学期开始的时候，系里面有快一半的人都找到了工作，而夏莹莹还是什么都没有。她想着要不要放弃找银行和基金的工作了，去会计师事务所，或者去公司里面当会计。

"天哪，他们竟然没有请你！"她收到法国巴黎银行的婉拒信的时候正在上高级会计课，坐在她旁边的王安迪伸过头来看到了，咋咋呼呼地叫了出来，"你可是我们系唯一的全A生啊！"

"哪一家？法国巴黎银行？"张丹娜伸过头来看，然后转头问王安迪，"这不就是你爸爸在里面做董事的那一家吗？"

"什么？"夏莹莹忍不住抬头看王安迪，他是土生土长的香港人，但说话喜欢夹杂英文和法文，头发永远用发胶抹得一丝不苟，即使只是普通的导修课，也穿衬衫、打领带、系袖扣。他很聪明，上课永远滔滔不绝，哪怕是完全没有准备过也可以侃侃而谈一节课，大多数教授都喜欢他，而她只觉得他浮夸。但，什么？他的爸爸是法国巴黎银行的董事？

“是啊，难道你不知道？他爸爸曾经被派驻法国多年，现在回来担任大中华区的董事。所以安迪才说得一口这么流利的法文。”张丹娜拍拍安迪的头，“他三年前就开始在银行实习啦，今年一毕业就会进去做分析员，根本连面试都不用。”

“你还说我，你自己不也是？你妈妈是摩根士丹利的大客户，你可是想进哪个部门就进哪个部门。”安迪做出夸张的表情。

“彼此彼此啦。”张丹娜冲他挤挤眼睛。

夏莹莹“啪”的一下合上书本，快步走出了教室。

安东尼来开门的时候系着一条完全不合身的粉蓝色格子围裙，手臂上还沾着菜叶。

她这才发现原来他在给她做饭，牛肉千层面和三文鱼牛油果沙拉，是他们在一家颇贵的意大利餐馆吃到的，她当时把盘子都舔得干干净净的。“等我赚到了钱我要天天来这里吃。”

餐桌上的沙拉已经颇具雏形，千层面已经放进了公用厨房的烤箱，因为没有榨汁机，他正用手挤柠檬汁给她做薄荷柠檬苏打水。

“我本来想给你一个惊喜的，哪知道你早下课。”他看起来有些沮丧，眉心打了一个结。她刚认识他的时候，他总是冷静的，他说好便是好，说不好便是不好，也没有撒娇任性的机会。倒是随着春天的渐渐来临，他的面具裂开了一道口子，偶尔泄露出些许孩童般的欢欣或者沮丧。

“谢谢你。”她去拉他的手，突然发现他手上的一个小伤口因为挤柠檬汁又裂开了，红红的口子露出里面粉色的嫩肉。

“没事的。”他立刻把手藏到背后。

夏莹莹叹了一口气，伸出双臂紧紧地抱住他，她和他在一起不过数月，却好像已经交往了数年，在光阴里生出安然与舒坦来。

“工作找得如何？”安东尼问她，“你上周去面试的那两家怎么样了？”

“还能怎么样？”夏莹莹放开他，“都被拒了。”

“哦，宝贝，不用你一定是他们的损失。”他反过来把她揽入怀中。她呼吸着他的味道，那是洗衣粉、须后水和古龙水混在一起的味道，温暖得像他的双臂一样。她多么希望世界就像他的臂弯一样小，可以什么都不用考虑。但世界上却仍然有那么多的不尽如人意。她的母亲刚才打电话来问她找到工作没有，她说高中时候一直不如她的女生唐宁，已经在上海的花旗银行找到了工作。

“你有没有什么亲戚在投资银行工作？”她突然问道。

“啊？”安东尼正在轻吻她的额头，一时没有反应过来。

“我说你有没有什么亲戚朋友在投资银行工作，张丹娜、王安迪他们都是靠家里的关系才进去的，我拿了那么多奖学金，面试官都说我厉害啊，说我聪明啊，但最后还是请了那些有关系的人。我原本以为这个世界就是努力必定有回报，哪知道……”她伏在他肩头，轻轻叹了口气，“你可以帮我吗？”

“我当然可以帮你，但为什么一定要进投资银行？你不是喜欢画画吗，之前不是在杂志社做过兼职的美术编辑吗？继续做那个，不好吗？”安东尼放开了她，望着她的眼睛，他看起来非常疑惑。

“因为我需要钱，只有进了投资银行才有钱买车买房，把我妈妈接过来住，只有进了投资银行才能让我妈妈觉得骄傲。”夏莹莹说。她的生父是个烂人，她的继父虽然待他好，但是穷，她小的时候一直被同学嘲笑是没人要的孩子，一直到她竞赛拿奖，拿奖学金，考来香港，才摇身一变成为众人羡慕的对象。他们家什么都没有了，只有她，这种早早把家族命运拴在身上的感觉，安东尼又怎么会懂。

偏偏安东尼还执意要问：“有钱会令你快乐吗？”他的眼神真挚，仿佛快乐对她来说真的那么重要似的。

“但是没钱令我不快乐。”她回答。

他识趣地没有再问，他只说：“我原以为你所追求的是比金钱更宝贵的东西。”他去厨房拿来千层面，他们静静地分吃着。安东尼又下楼去买了一瓶啤酒，一个人喝完，然后倚在床上看电视。她脱去了外套和裙子，只穿着内衣，也上了床，把头枕在他的肩膀上。

他伸出手，有一下没一下地抚摸着她。

那之后的很多个周末，夏莹莹都在为找工作做最后的挣扎。越临近毕业，她越浮躁，有一次她发狂地把所有的面试材料都撕得粉碎，她哭着捶打墙壁，安东尼立刻从背后死死抱住她。

她最后趴在书桌上沉沉睡去，像无数个她晚睡的夜晚那样，安东尼去厨房煮一碗餐肉蛋面条，泡一杯咖啡，然后用罩子罩起来，放在她手边。安东尼还用透明胶带把她撕碎的面试材料一点点粘好，放在字典下压平。

复活节假期前，王安迪宣布要开派对庆祝大家即将步入人生的新阶段。她还是没有得到银行的聘书，虽然也有几家小的会计师事务所愿意请她。她早早去教室，独自坐在晨光里，瞪着眼前的书本，不知道如何才能摆脱眼前的困境。她也没办法再和安东尼抱怨了，安东尼只会搂住她，说你在我心目中是最聪明的，说你应该去追求梦想，说我爱你。

“怎么来这么早？”她被惊醒，抬头看见王安迪斜倚在她的桌子上，目光灼灼地看着她。他像是刚运动完，头发湿漉漉的，衬衫的前三颗纽扣也没有扣上，汗味和古龙水味混杂在一起。

“想在上课前再查一下哪些银行还招人。”她也懒得隐瞒。

“那你还不如来我的派对呢，我父亲的许多朋友都会来，他们都是银行或者基金的董事，你到时候直接问他们岂不更好？他们看到你这么美丽又聪明，肯定争着请你。”

“是吗？”原来一切竟然可以这么简单？夏莹莹再望向王安迪，他非常得体地冲她笑着，坚定地点点头。她觉得原本已经死去的希望又被点燃了。他邀请她共进早餐，她推开书本，跟着他走了出去。

她为了安迪的派对特意花了一个周末上街买晚礼服，大牌的都要成千上万块，她终于在一个不起眼的小店买到一件二手的，又拿去找裁缝改。裁缝是个老奶奶，看她没钱，收费很便宜，但活儿却不马虎。她拿到的时候，肩膀被垫宽了，腰身收细，裙摆上损毁的部分缝上了两朵缎带质地的玫瑰花，熨烫得又平整又熨帖，她穿上之后，竟然莫名地高贵典雅起来。

安迪家的浴室比她家的客厅还大，房间多得像迷宫一样。晚饭是在他家可以望到大海的顶楼烧烤，戴着白手套的侍应穿梭着送上烤得肥嫩鲜美的牛排和羊鞍，但几乎没有人吃东西，他们都喝酒。她始终不敢喝，生怕遇到银行董事的时候醉醺醺地留不下好印象。后来终于上来几个穿西装的中年人，她拼命朝王安迪使眼色希望他可以介绍自己，但王安迪和张丹娜喝得正兴起。她深呼吸一口气，拿过一杯香槟酒，自告奋勇走上前去，但还没开口，有个胖乎乎的外国人已经先打了招呼。

“你一定是安迪的同学吧？”

“哦，我是，我叫……”

她话还没说完，另外几个人已经开始争相夸她性感。他们谈论她的裙子，谈论她的妆容，谈论她的大眼睛，又叫侍应开一瓶好些的酒过来，那个胖乎乎的外国人很自然把手搭到了她肩膀上。他们邀请她等下派对完了去兰桂坊喝酒，又问她平常喜欢去哪个酒吧。

她拼命想推销自己，她好不容易逮到了机会说起自己获得过的奖学金，修过的课程，考过的证书，那几个人有些错愕地互相望了一眼。

“嗯，真是太棒了。”胖乎乎的外国人说道，搭在她肩膀上的手放了下来。

他们立刻说着“再见”走开了。

安迪正好走过来邀请她去跳舞，她将杯中的香槟一饮而尽，任由他握住了她的手。舞池很大，灯光一会儿蓝一会儿紫一会儿绿一会儿白，音乐震耳欲聋，好多人已经High了，男生们早就把领带脱掉，衬衫的口子解开，有些干脆将上衣脱去拿在手中旗帜般挥舞。明明还有许多空间，但大伙儿都靠得很近，肌肤相亲，四肢相触，别人的汗水流到她身上，她觉得安迪慢慢地开始揽过她的腰，她觉得很别扭，顺势拿过他手上的酒再次一饮而尽。

周围越来越嘈杂，安迪搂她搂得越来越紧，许多人许多事，许多只手在她周围，但她觉得越来越孤单，越来越寂寞。她忽然非常想念安东尼，想念他安静的样子，想念他那抱着她的双手，想念他说如果去不了银行干脆就去杂志社画画吧，想念他在她穿着高跟鞋面试回来之后为她按摩脚趾。

她突然觉得很恶心，去洗手间吐了很久，然后打车回了学校。

安东尼还没有睡，看到她来也不惊讶，去微波炉里拿出一饭盒——他自己做的烤翅和烤肋排。她站起来要去拿刀叉，却被他一把拉住。他把肋排都撕开了，递给她一根，自己拿着一根开始啃起来。

“我就知道这样的派对肯定没什么吃的。”他说。

她常常一天当两天用，两天当四天用，一周要做完一个月的事情，一年要完成许多年的成长。她迫不及待要变得强大，要出人头地，要赚很多钱，要供养家里，时间像鞭子一样抽着她，她像陀螺一样被动地盲目地转动着，每天都觉得疲累，不开心。遇到安东尼之后，她越发想停下来，休息一下，偷懒一下，一下就好。

想着想着，她干脆放下了鸡翅，搂着他，伏在他肩膀上，缓缓地亲吻着他。他愣了一下，也开始回应，他的抚摸恰到好处地抚慰了她，他们在床上缠绵了很久很久，一直到两个人都累得动不了了。

她指着胡乱扔在地板上的那件蓝色礼服问他：“你觉得我穿这个好看吗？”

他摇摇头：“你知不知道你在我眼中什么时候最美？”

“我们遇见的时候，你穿着一件白色T恤，一条红色短裙，一双夹脚拖鞋。你从宿舍走出去食堂，一路上，逗弄逗弄白猫，闻一闻野花，采一片树叶放在手心里。你自顾自地吃着叉烧饭，随意地晃荡着双腿，跟着耳机里的音乐摇头晃脑，你天真烂漫，活得潇洒恣意，对细小的事物都充满爱和关怀，你真的不知道当时的你有多么美丽吗？”

“那一天，你不是……”

“不是，我不是迷路了才去问你的，我们认识这么久，难道你不知道我的方向感很好的吗？我是被你的纯真开朗给吸引住了，根本移不开眼光，不知不觉就跟了你一路。”

再去上高级会计课的时候，她惯常坐的桌子上放着一大束百合花，外面包着金箔纸，系着缎带，插着精致的小卡片，开得非常浮夸。周围的人都看着她，连教授走进来的时候都望了她好几眼，神色里有责备之意，但念在她是用功的好学生，所以没有多说。卡片里清清楚楚写着：莹：招待不周，聊表歉意。祝春安。安迪。

安迪看到她看卡片，忍不住转头望着她，连带着半个教室的人都望过来，教授忍不住咳嗽了几声。

下课铃一响，安迪立刻就走过来。她也没有搭理他，收拾好了书本就准备走。他立刻跟在她后面。

“你去哪里？”

“图书馆。”

“正好我也去那里。”

他跟在她后面，有一搭没一搭地和她聊着，说四年里都没有意识到她原来这么性感美丽，说照顾不周深表歉意，说下次单独邀请她去，让厨师给她做好吃的，带她出海兜风。她没搭理他。

“大美女，人家都说你清高，但总有办法博美人一笑的吧？”他终于按捺不住了。

“那么，就介绍银行的工作给我吧。”她头也不回。

“好的。”他一口答应。

她突然回头冲他嫣然一笑：“谢谢你。”她的笑容像是通了电，让他一瞬间浑身发热。

她趁机快走几步，没有去图书馆，而是右拐去了明德楼。她走到门口才发现还拿着那束花，立刻连花带卡片丢到垃圾桶里。

大约是她的冷淡刺激到了安迪，或者他临近毕业又找到了工作所以特别闲，或者富二代就是这样的捉摸不透，总之，安迪突然开始热烈追求她。她开始收到硕大的心形的气球，一大捧的玫瑰花，城中最著名甜品店的每日限量版巧克力，粉嫩粉嫩的香水和唇彩套装，他庞大的笑脸出现在那些礼物的旁边。他一有空就坐在她身边，跟她说投资银行的种种趣事，说可以去兰桂坊最隐蔽的私人会所，可以坐头等舱满世界飞，说他认识的谁谁谁，一下子做成了一个上亿的交易，光佣金就有千万。

她微笑着听，听完之后总不免问一句：“那可以介绍我和他认识吗？”

“当然可以。”他也从没有犹豫地回答。

安东尼的研究课题突然忙了起来，需要收集几百个研究样本。她对申请工作的兴趣一下子寡淡了，每天陪他上街派发问卷。他一只手拿着一大叠问卷，一只手牵着她，她的怀里抱着非常廉价的动物图案的圆珠笔，作为回答问题的礼物。街头人来人往，熙熙攘攘，大多数人都目不斜视，匆匆赶路，看到他们走上前，便戒备地将手提包夹得更紧些。但也有些人愿意停下来听他们说话，他说英文，她帮他翻译，他拿出问卷，她把圆珠笔递过去。

“好幸福啊。”两个背着毛毛熊书包穿着格子校服的女孩突然说。

他们派几个小时就停下来歇一歇，在路边小摊叫一份芒果刨冰，他很自然地拿着勺子喂她。有的时候去吃煎酿三宝，两个人你一口我一口地抢着吃。

夕阳西下的黄昏里，世界突然慢了下来，她看着麻雀从梧桐树冠上振翅飞起，看着行人们一个个超过了他们，但她不想前行了，不想奔跑，不想有未来，只想有此刻。

夏莹莹又去了安迪家在浅水湾的别墅。她母亲知道后，兴奋得一个晚上打了三个电话来，她不停地问她什么时候能把她接来香港，问是让她住在安迪的别墅里，还是单独给她买一栋房子，她已经称呼安迪为“我的准女婿”了。

她从公车站走去沿海的别墅区，一路上阳光毒辣辣地照着，原来不知不觉已是五月。

安迪笑容满面地在门口迎接她，像法国人那样在她脸颊左右两侧分别亲了一下。

“我还是忍不住要说你身材真好。”他退后一步打量着她，她穿白色衬衫和牛仔短裤，衬衫的两襟在肚脐上方打了个结，“我从没见过有人把白衬衫穿得这么迷人。”

她来是因为他说他的父亲已经答应给她安排一个职位，但要先亲自面试她，她包里还装着她为面试做的笔记，但他却仿佛忘记了这件事，请她去他的起居室里喝下午茶。

“浑蛋，你不是说只是玩玩她吗，难道要来真的？”

她才刚刚坐定，门就“砰”的一声被推开，张丹娜闯了进来，她显然是慌慌张张出的门，假睫毛都没有粘好，挂在她的眼角边。

“是啊，只是玩玩而已，想看年级里最聪明的夏莹莹的笑话罢了。”安迪突然从沙发上弹起来立刻蹿到离她最远的角落。

“什么啊，你自己有没有看到你望向她的眼神，分明是爱她！”张丹娜的话语中已经有了哭腔。

“不，他不爱我。”说话的却是夏莹莹，“他想要占有我，但占有并不是爱情，玫瑰花、巧克力和香水也不是爱情。我知道他从没有真心想帮我介绍工作，只是想要看我求他，想要看我的笑话。他想要炫耀，想要打败我，想要在我面前觉得高人一等，真正的爱情绝不是如此肤浅。”

她站起来，从包里拿出一份文件：“我承认我一开始真的很想进投资银行，我也想过，只要安迪可以帮到我，我愿意为他做任何事情。但我现在不这么想了。安东尼偷偷整理了我的美术作品，帮我投稿，又鼓励我去面试，现在，我要去《先锋》杂志做美术编辑了。”

“《先锋》杂志？”安迪吃惊地问道，这是在整个香港都很出名的艺术类杂志。

“一个月能赚多少钱？”张丹娜忍不住“扑哧”笑出了声。

“一万五。”夏莹莹背起包，走到门边，打开门，“我知道还不够你们吃一顿饭，但这个是我真心实意想要做的，能让我快乐起来的事。”

夏莹莹推开王家大宅厚重的红木大门，安东尼在阳光下等着她，她立刻飞奔出去。

“都解决了？”

“是啊。”

“他以后不会再骚扰你了？”

“应该不会了。”

夏莹莹顺手把背包递给安东尼，却突然愣住了。

“你怎么哭了？”她小心翼翼地伸手去摸他的脸颊。他蓝色的眼睛水汪汪的，像暴风雨中的大海，他无声地哭泣着，喉咙口发出压抑的声音，肩膀一抖一抖的。

他捉住了她的手，看着她的眼睛：“因为我也会害怕，会害怕你选择他，会害怕你选择去投资银行，害怕你觉得我不够好，不够有钱。我一直都没说什么，从看到他送你百合花开始，就从来没有说过什么。我想要你自己做出选择，想要你快乐，我告诉我自己，只要你快乐，我也快乐。”他摇摇头，挤出一个无奈的笑容，“但是我做不到，我希望你留在我身边，希望你的笑容都是因为我。”

“对不起。”她把头深深地埋在他的肩膀，“我爱你。”

又是夏末的一天，知了在窗外叫个不停。

夏莹莹看着已经办好登机手续的安东尼，露出自己最灿烂的笑容说：“那么就再见了。”

“再见了。”安东尼说完之后头也不回地迈向了海关，她有点儿失落，觉得他起码应该依依不舍地回一下头啊。

转眼，她就看到安东尼拨开了人群，又跑了回来。

“我明年九月份再来。”他说。他和她一起派的那么多调查问卷得到了非常有用的结果，他的实验论文被发表了，而他也被提早录取成了香港中文大学的研究生。只是他不得不先回到立陶宛，完成他本科第四年的学习。

“嗯。”她点点头，“我会等你的。”

“不，我跑来就是为了和你说，不要等我。”安东尼捧住她的脸，非常郑重地对她说，“如果你遇到的人比我更爱你，遇到的人让你更快乐，那么，就请选择他吧。你是这么聪明这么努力的女孩，你应该得到全世界最好的男生的照顾和体贴，如果有人比我更好，请毫不犹豫地选择他吧。”

“那……我……你……”夏莹莹的眼泪一下子决堤，她突然不知道说什么才好。

“但是我对我的爱有信心，就像我可以帮你找到你人生的道路一样。我只是让你不要等我，不要被动地等待着，我希望你还是去做自己喜欢的事情，认识有趣的人，尝试新鲜的旅程。希望你去生活、去爱。然后，嗖的一下，一年就过去了，我就又回到你身边了。别忘了，我还有一件重要的事情没做，就是让你妈妈喜欢上我。”

虽然广播已经在催促登机，但她还是忍不住任性地拉住他，温柔又激烈地吻住了他干燥又柔软的嘴唇，吻住了这个教会她爱与被爱的人。

# 四月 拥抱

# 我们都美好且值得被爱

天寒地冻，年关将近，我跺着脚在星巴克里等我的抹茶咖啡，突然就看到安妮网志的更新：“爱一个人是那么容易，找到一个爱你的人是那么难，而和你爱且爱你的人相守几乎是不可能的事情。”我心头一紧，立刻打电话过去，铃声“嘟嘟”地从头响到尾，我执着地打了一次又一次，仍然是语音信箱那冰冷的女声。

我知道安妮是在2010年，那时我们大学里没有一个人不知道她。老师在课堂上展示她的作业，而男生们则三三两两在宿舍和篮球场上谈论她的身高腿长，她舞蹈表演时的性感撩人，他们讲啊讲的就开始嘻嘻笑，说有哪个人又在她后面跟了一路，或者又跑去她的教室坐在她后面旁听。女生会谈论她的打扮，她穿什么款式的裙子，背哪个牌子的包包。安妮顺利的爱情生活让我们又羡慕又嫉妒，她在大学和系里学生会主席谈恋爱，进了投资银行，又和大她十岁的经理谈恋爱。我仅有的一次在校园里面看到她，她穿着粉色的裙子，披着一个大披肩，似乎是要赶着去上课，她走得挺拔又飞快，有两个男生在后面巴巴地跟着她。交错而过的时候她突然唤我的名字，我吃惊地抬眼望她，她正好也望过来，眼里全是真挚的笑意："一个月前周会，领奖的时候我见过你。"

2012年，大学毕业的第一年，我被分配去做一个上市的项目，做了两个多礼拜，投资银行的团队也来了。那一天我抱着一大堆文件，顶着新烫的卷发，踩着新买的并不合脚的高跟鞋，晃晃悠悠地进门的时候，突然就看到了她的侧影。她还是很瘦，从衬衫到外套到鞋都是黑色的，我喜出望外地和她打招呼，忙不迭地告诉大家她是我的校友，她点点头，很快就垂下头，用刘海遮住半边脸，连敷衍的笑容都没有。我自讨没趣，悻悻地走开了。

但是我却猝不及防地在洗手间里看到她用勺子敷两只肿得像桃子一样的眼睛。

她看到我进来，惊得身体一晃，勺子"当啷"一声掉在地上。我捡起来递给她，她犹豫了很久，最终转过头来，拨开被泪水糊在脸上的刘海，让我看到了她的面如死灰。

她扶着镜子，虽然止住了眼泪，但还是忍不住打嗝和抽泣，脸颊和鼻子都红红的，睫毛膏糊得满脸都是。我从口袋里拿出湿纸巾递给她，她接了过去，顺便紧紧抓住了我的手，断断续续好不容易说完了一句话："如果不麻烦的话，陪我说说话吧。"

无论是那个英俊潇洒的商学院学生会主席，还是那个月入几十万的银行家，他们都算不上传统意义上的好人。成功人士的商场传奇依靠着大量的手段和心机、花招和诡计，大多数女人都只是爱他们的钱。安妮却是真心仰慕他们在谈判桌上的挥斥方遒，在讲演台上的舌灿莲花，并甘愿深夜等他回家，为他泡一杯清茶。

我坐在马桶圈上，听安妮讲那个银行家因为常常出差，所以在世界各地都有女朋友的故事。她无数次告诉自己他真的很忙，他真的每天都要加班到凌晨。她陪他去应酬，客户恰好是一群女人，他叫这个宝贝，叫那个甜心，开着深藏不露的黄色笑话，言语神色间多有挑逗意味。女人都被他迷得神魂颠倒，唯有她在一边喝得烂醉，吐了一地，亦流了一身一脸的眼泪。他觉得尴尬，让司机送她走，给她在酒店开了间房，第二天又让司机去接她，顺便还有一只赔罪的卡地亚手镯。她说的时候满脸通红，用力呼吸着好屏住眼泪，她拼命捏着自己的手，已经掐出了血印子——我这辈子第一次见到如此真实的痛苦。

一切都会好的，我侧过身子，避开垃圾桶，然后别扭地把她抱在怀里。她天生有种飞蛾扑火般的个性，做任何事情都纵身跳入，倾尽所有，而我觉得这种个性本身是如此危险而又令人着迷。

那段时间，她每天早早到公司，然后取出放在冰箱里的勺子到洗手间敷眼睛。她拼命三郎一样地工作，连复印买咖啡这样的活儿都揽下来，她总是来去匆匆，拒绝和任何人同行。

我非常沮丧，因为没有什么是我能做的。我大学里或多或少有些嫉妒她如此风光，朝夕相处下来，发现她内里也不过是单纯善良的女子，但偏偏这个世界的规则并不是善有善报、恶有恶报。我沮丧得几乎也要落下泪来，反倒是她来安慰我："我们这么善良真诚的人，一定会有好结局的。"

说这句话的时候，她下意识地抓着我的手，她的手冷得不像是活在潮湿的热带夏天里。彼时我们坐在公司后门口的楼梯间，她从自动售卖机里买了两瓶冰可乐，一瓶给我喝，一瓶照例用来敷眼睛。

项目结束的那天老板请客吃海鲜，酒足饭饱，我和她站在地铁站的出口，我欲言又止，看着她转身离去，突然几步追上去，紧紧拥抱了她一下。

"你放心吧，我最近已经哭得没那么多了，晚上也能睡几个小时。"她笑嘻嘻地跟我说，当然，笑容照例是没有到达眼底。她为了应景穿了条大红色的裙子，围着条同样鲜艳的丝巾，整个人都是格格不入的喜气洋洋。

我们挥手说再见，我又担心，又难过，但在心里相信着，如果有人能跨得过这个坎，一定是这么勇敢善良的她了。

我虽然不再和她天天见面，但我每天都看着她网志的更新，她也不断发照片给我。她穿着新买的裙子，她擦了粉色的指甲油，她恢复了舞蹈训练，她开始学她一直想学的作曲，她站在舞台上光芒万丈。她策划了新的旅行，甚至还买了新的相机。

我勤勤恳恳地为她每一条更新都点了赞。

2013年5月一个周日的晚上，我正在准备第二天出差的行李，她突然打电话给我："明年四月份陪我去摩洛哥吧。"

"啊？"我一时愣住，敏锐的第六感让我问道，"是只有我们两个人吗？"

在逼我向诸多神明发下誓言之后，她终于告诉我她爱上了一个摩洛哥男子，他向她求婚，而她准备去嫁给他。

"你做我的伴娘好不好？你知道，没有你，我大概就永远被打沉在地底卑微地翻不了身了。"她这么说，坚定愉悦，爱情既给了她软肋，也赋予了她盔甲。听筒里她的声音明快爽朗，不停地给我讲摩洛哥婚礼的习俗，听起来她是那么无坚不摧，再也不是一年前咬紧牙关直到躲进了洗手间才让眼泪决堤的小姑娘了。

"还有谁会去吗？"我问，既然是婚礼，就算不铺张排场，也总要热热闹闹、风风光光、体体面面吧。

她突然就愣了一下，我能想象到她吐舌头的样子。"我还没敢告诉其他人。"

她的未婚夫是她去摩洛哥时认识的当地画家，夕阳西下，她穿着当地的传统长裙，戴着丁零当啷的银质手镯和耳环，漫步在桥上，她的眼睛里有真诚和好奇，她的背后是广袤的土地和一座座清真寺。她因为落日美景而驻足停留，有个留络腮胡子的画家执意要免费画一幅肖像画送给她。他站得离她很近很近，屏息凝神观察着她的身体和裙摆，度量了尺寸之后挥毫作画，一直画到天完全黑，然后又执意带她去吃地道的当地菜肴，喝新鲜的酸奶。等到酒足饭饱，他在她额头轻轻一吻之后转身离去。她闻着空气里残留的他的香水味，看着画上仰着脸笑容潇洒美好的自己，突然看到角落里有他留下来的电话号码和Facebook账号。

她在之后的一整个行程中都因为那额头上轻轻的一吻而心旌荡漾。每遇到一个街头画家都会驻足观看，想要寻找他的些许影子，最终忍不住加了Facebook，又贸然给他发了短信。

我不放心，当下就约她出来面谈。我到的时候，她穿着一条柠檬黄的裙子，占据了阳光最充足的一个角落。她目光灼灼，笑容点亮了她周围的一小片世界："因为和他在一起我很快乐。我喜欢笑，而他轻易就能让我笑出声来。无论是他画的一幅简笔画，还是一条简单的问候早安的短信。你知道，一年前的时候，我以为自己失去了笑这个表情呢。而且他知道很多我不知道的东西，因为他，我开始认识另外一个未知的世界。"

她的每一句话都是关于他的，他看世界的方式是那么单纯，他对所有的事情都充满了信心，他觉得整个世界都是阳光满满的，他毫无保留一点儿心机都没有。他还收养了许多无家可归的小动物，他拒绝了学校的教职，坚持过着清贫却快乐的卖画生活，因为他喜欢观察形形色色的人。

“于是他就观察到了你。”我打趣道。

她终于闭了嘴，脸红红地去拿蔓越莓慕斯蛋糕，她的小拇指上戴着一枚黑色的石头做成的戒指，据说是他亲手打磨的。她有意无意总会去摩挲那枚戒指。

“如果嫁给他，我就要改信伊斯兰教了。”

“我昨天和他的妈妈通了电话，但是他妈妈一句英语都不会，全要靠他翻译。你说我是不是应该现在就开始学阿拉伯语了？”

“他说等我明年去摩洛哥，就会按照传统礼节向我求婚。你看我马上就要结婚了。”她约我出来给我看她的新舞裙，又忍不住开始讲她的甜蜜故事。她讲得很快，我看着她瞬息万变的表情，时而紧张，时而兴奋，时而迷茫，但一直是笑着的。

“这些都没有你现在说起来这么容易，你是知道的吧。”我犹豫良久，还是忍不住说了这句话。

“知道，我知道好好爱一个人有多难，我自己试过了很多次，但每一次都不得要领。”她眼眶有点儿红了，抬起手来抚摸我的头发，

“但是我每一次都鼓起勇气告诉自己，下一次遇到对的人，依然要毫无保留，全力以赴。我从来没有遇到一个人这么纯粹地爱我，并不是每个人都能体会到不图任何回报、不掺任何杂质的真爱的。无论将来要付出什么代价，我都无怨无悔了。”

11月底的时候，我去了大学同学的聚会，三个多小时，除去开头的寒暄，大家谈论的都是安妮。谈论这个骄傲美丽的女子被投资银行家狠狠伤害，谈论她竟然爱上了一个穷困的画家。有人叹息，有人愤慨，有人侃侃而谈，有人幸灾乐祸。

“她到底为什么爱上他啊？”每个人都这么问。

“是不是人生太通达太顺利了想换一换口味？”有人小心翼翼地说。

“不是的，听说非洲那里兴巫术，能把人迷得死心塌地的。”一个女生压低声音，招手让大家过去，她拿出iPad，找出非洲的神秘图腾和巫毒之术给大家看。有几个人立刻如释重负地舒了口气。

我一时怔住，然后胡乱找了个借口就离开了。不知道什么时候坐在我身旁的男生突然站起来想问我要电话，我近乎粗鲁地推开他，还不小心被裙子绊得趔趄了一下。我一出包房就立刻打给她，却一直没人接。

到了半夜她心急火燎地打电话给我，呼吸急促，语无伦次，压低声音在电话那头说了很久我还是丈二和尚摸不着头脑。我连猜带蒙才明白，原来她将这件事告诉了家人，她妈妈哭得几乎要昏倒在地，她爸爸恨铁不成钢地拍着桌子，掷地有声地说如果她嫁去了摩洛哥，信了伊斯兰教，就再也不是他们的女儿了。

我一时之间也不知道怎么安慰她，只能约她出来喝酒。替她打电话给她妈妈说她的女儿和我在一起，而不是去机场准备私奔了。

她真是越喝越清醒，喝到第五杯的时候她告诉我："无论如何，我的婚姻和我之后的人生都是我自己的决定，好坏都是我自己承受，和任何人无关。"我目送她踩着高跟鞋威风凛凛地从兰桂坊里走了出去，长发飘扬成了一面旗帜。然后第二天她打电话告诉我，她骗她爸妈说她已经分手了，甚至还答应了她妈妈给她安排的相亲。

我后来瞒着安妮加了她男朋友的Facebook，想要看看他到底有多好。他英语不太流利，对于金融业也知之甚少。他一听到安妮的名字便很兴奋，跟我讲她大学的时候一直考第一名，她参加了好几个舞蹈比赛，在星光大道上跳过探戈，工作上的业绩非常出色，但一听到我和她是旧同窗，立刻求着问我安妮的各种小习惯。他告诉我安妮是那么特别的一个人，自信开朗活泼幽默的异族女孩，来自一个陌生的世界，带他看许许多多崭新的风景。他说那些话的时候，我眼前浮现出安妮的样子，她握着一杯威士忌壮士一般一饮而尽，她在所有工作或者谈话的间隙查看手机短信，她一听到手机铃响就立刻掏出来查看然后忍不住抿嘴笑起来。我想那个卡萨布兰卡的午后，她走在桥上经过他身边的时候，一定迷人极了。

“他是个好男孩，祝贺你。”我发短信给她。

我拿着冷掉的咖啡，怔怔地望着手机上她的网志更新。

我上一次见到她是在圣诞节之前。她告诉我她等不及第二年复活节去摩洛哥接受求婚了，她要立刻见到他，被他抱在怀里。

她找了她妹妹打掩护，她的妹妹飞去日本过圣诞节，她却转机直接去了摩洛哥。他在机场接她，一看到她的人影就扑过去把她搂在怀里。那个怀抱比梦中想的还要温暖，他的唇舌比言语所能描绘的还要甜蜜，他开车载着她兜风，他拉着她的手在沙滩上奔跑，不用相机，他用彩笔画下她翩飞的裙裾。他们互相喂食当地产的乳酪和水果，夜夜相拥而眠，根本不能分开一分钟。

她给我发来的照片里除去摩洛哥的蓝天白云，就是他和她，他望着她的眼神是那么温柔，接吻的时候她闭起的眼睛扬起的脸颊是那么甜蜜。所有的照片里他们都是灿烂地微笑着的，以至于我觉得他们两个可以就此白头到老。

我历尽千辛万苦终于拨通了她的电话，她在电话里很淡然地说：“我和他已经分手了。”

“为什么？”我尖叫起来，吓得路人纷纷侧目。

“因为我从一个浪漫美好的梦中醒来了。”她这么说。

她一直像所有人那样意识到这段爱情在现实中的差距和障碍，她像灰姑娘一样穿着水晶鞋努力跑向自己的王子，然后在零点钟声敲响的时候，突然惊醒在现实世界里。

毕竟我们还是生活在现实世界里的。

现实世界里，她的摩洛哥爱人也因为要迎娶一个异族女子而饱受家中长辈的质疑，他的母亲不断给他安排相亲对象。她无法在摩洛哥找到工作，他的艺术天分也不适合功利的香港。价值观的差异，远距离的煎熬，他送她去机场，流着眼泪吻别，看到落地窗外飞机振翅而起的时候，他们突然觉得到了放下的时刻了。

他们都不想看到最爱的人放弃家人和前途，也不愿意美好的爱情在世俗的眼光和内心的不安中消磨殆尽。

并不是求不得然后退而求其次的放弃，“我很庆幸我们是在仍然深爱着对方的时候说的分手，所以现在回想起来，也只有甜蜜和美好，没有抑郁和苦涩。”

我在安妮的舞蹈教室外面等她，那个戒指现在成了她的吊坠，在她每一次旋转跳跃的时候高高扬起。

“不舍得藏起来，但也不能戴着啊，不然别人以为我订婚了怎么办。”她耸耸肩，一点儿都不像刚刚分手的人，她挺胸抬头，姿态比任何人都要骄傲。

在露天的酒吧里，她信心满满地告诉我，这段这么难以维持的关系让她想了很多，懂得了很多，也成长了很多。她轻轻含住杯沿的一颗草莓，眼神清澈宁静，脸上有淡然的笑容，和当年在洗手间泣不成声的她判若两人。

当然，也有坐在角落的一位绅士看出了她的卓绝，拜托酒保送给她一杯特调鸡尾酒。

她举杯碰了碰我的杯沿，暗地里比了个胜利的手势给我。

“我从来没有像爱他那样爱过别人。”她对我说，“我以为之前那么多次伤害之后我已经失去了爱的能力，但我现在意识到我还是可以去相信，可以去体会，可以去付出，可以去爱。我非常非常感谢他。”

她的手机振动起来，她冲我吐了吐舌头，埋首回复起来，我可以看到屏幕上他的头像。

“我并不是不爱他了。我是换了一种方式去爱他，给他自由，也给我自己自由。”她和我一起走在树荫下的马路上，路旁杜鹃花都开了，原来已经是春天了。

“那之后呢？”我还是忍不住要问。

她拍了我一下：“着什么急，我们过好自己的生活，就一定会遇到最好的安排。”

爱情这个过程是如此复杂，心如小鹿乱撞，头脑却融化成一片黄油。但无论是在最艰难还是在最快乐的时候，安妮总是说：“一定会有人来爱如此真挚又赤诚的我们的。”

当然了，我也确确实实爱着她。

# 五月 再见

# 当我们都在路上

我至今都不知道老金那拗口的全名到底是金志勋还是金朴星，他的名字超越了我舌头的理解范围，多次尝试失败后，我一直叫他老金，或者Mr. Kim。

“被你叫得都老了。”他学韩剧男主角那样嘟着嘴晃着脑袋抱怨道，“你怎么不学学那些追我的女生，她们都叫我欧巴呢。”可惜老金虽然是韩国人，却不像韩剧里的花美男那么娇媚，我毫不客气地一拳头捶在他的肩膀：“叫你你就答应着，还挑剔什么啊！”

我第一次见到老金是七年前在台湾。那年我十九岁，是我人生中的第一次独自旅行。我本不是热爱冒险的性格，对于书里面背着行囊浪迹天涯的人也从来只有羡慕的份儿，却没曾想到被原本要与我同去的两个学姐在出发前两天放了鸽子。我独自一人拖着箱子下错了站又走错了路，非常狼狈地走到青年旅社门口。天已经全黑了，青年旅社入住的时间也过了，我绝望地拍着木头门，眼泪一点一点涌上来，有种全世界都与我为敌的感觉。突然，门开了，一张热情明媚的笑脸在我眼前绽开。

“你想不想要一辆车？”明朗青年也不问我是谁，就冒冒失失地问道。

“什么？”我满脸疑惑，一时也忘记了哭泣。

明朗青年的英文很糟糕，我和他连说带比画了很久才知道，原来他也是被朋友放了鸽子，只好独自来台湾旅行。他一个人负担不起租车的费用，怎奈早就交了定金，所以想找人和他一起走。

“加完油之后我只有一百零九块钱了，我还没有吃晚饭呢。”他怕我不相信，打开钱包给我看，我原本觉得自己被人抛弃悲惨可怜，看到他的惨状之后，突然就释怀了。

我二话不说答应和他拼车，甚至都没细问他的行程安排。

我和老金的台湾之旅充满了惊喜和惊吓。我和他都是第一次做背包客，一路上闹出了很多笑话，开错路停错车弄丢酒店的房卡，下雨天两个人都以为对方带伞了结果一起被淋成落汤鸡之类的蠢事多得无法一一列举，但无论如何，两个人都比一个人要好很多，狭小的车厢里因为他蹩脚的英文和时常由天而降的霉运而充满了欢乐，遇到困难互相嘲笑一番之后心情竟然不再郁闷，又冷又饿的时候看到旁边有个同是天涯沦落人也觉得没那么委屈。

“和我一起旅行开心吗？”他充满期待地问我。

“嗯。”我点点头。我喜欢他可以扛得动两个行李箱的肩膀，喜欢他单手转动方向盘倒车的样子，更喜欢他硕大的胃。在夜市里，有选择困难症的我买来各式各样的小吃，每样都浅尝辄止之后就让老金帮我消灭，而他每次都吃得乐此不疲，还不断地说：“南希，你真是太善良了，我每天都吃你的真是太不好意思了。”

我和老金最后一天的行程是从台中经过太鲁阁之后再从花莲回台北，然后第二天各自坐飞机回家。这是网上背包客们力荐的行程，一天之内既能翻山越岭，又能穿洋过海，格外精彩刺激。出发前的晚上，我和老金在民宿的阁楼，头挨着头，沐浴着星光，用笔记本电脑看美国西部电影，看到片尾主人公骑着骏马走向夕阳的时候，我和他都激动万分，觉得经过明天的历练，我们就会成为一个全新的人，一个漂泊流浪永远在路上的人。

我和老金开车到山上的时候才发现虽然山脚下是三十多摄氏度的夏天，山顶却只有十几摄氏度。我穿着衬衣短裤冻得瑟瑟发抖，老金穿得也少，但好歹还有一件薄外套。

“你别那么可怜兮兮地看着我，我生怕我一个心软就把外套给了你。”老金命令我转过脸去，不要看他。

但他后来还是看我可怜，把外套披在了我的肩膀上：“喏，你穿着，去拍几张照片，反正这里也没什么好看的，我回车里去了。”他兔子一样窜回了车里。

下山的时候突然下起了滂沱大雨。老金专注地看着前方，他握方向盘的手臂因为用力，能隐隐看到肌肉的轮廓。我望着车窗外的悬崖，吓得精神恍惚。我不敢说话，也不敢打扰老金，只能把安全带扣到最紧，牢牢握着车门上的把手。在完全寂静的车厢里，窗外的雨声被放得很大很大，颇有些看恐怖片的意味，仿佛下一秒钟就会有异形打破车窗冲进来。

“南希。”他拍拍我的肩膀。

我还沉浸在异形的幻想里，毫无形象地“哇”的一声叫起来。

他也被吓到了，立刻转头望着窗外，发现什么都没有之后，又用他一贯的“拿你没有办法”的表情望着我。

我这才回过神儿来，发现悬崖不见了，眼前是一个小村庄。

“那里有个小旅馆。”他指指不远处，非常黯淡的两盏灯笼后面是一家民宿，“要不我们就在这里住下来，明天再回台北？”

“但我是明天上午十一点的飞机。”我犹豫道。

“只能后天再走了。”他抱歉地看着我。

“但是我后天有一门考试。”我说道。那其实只是一门并不重要的选修课，考试也不占总成绩的很大比重。但我总是在关键时刻说出最愚蠢的话。

“那就是说你一定要回去咯？”他更加无可奈何地看着我。

民宿的老板娘给我和老金做了热腾腾的牛肉面，看我们实在太狼狈，又去厨房给我们炸了油光光的鸡腿。

“炸鸡！”看到鸡腿，老金的神情终于不那么黯淡了，老板娘看到我们狼吞虎咽地撕扯着鸡腿，越发生出了恻隐之心。

“你们就住在这里吧，天已经这么黑了，又下大雨，太不安全了。我给你们打对折。”她以为我和老金执意要走只是为了省钱。

老金看看老板娘，看看鸡腿，又看看我。他耐心地啃完最后一口，深深地叹了一口气，提起背包，拿起车钥匙，毅然走进了滂沱大雨中。

“我太累了，能不能让我先睡一会儿？”在我们经过的第一个加油站，老金这么对我说。

一路上十天来，都是他在开车，他在看着地图找路，他在拿重的行李，我想当然地依靠着他，却忘记了他也只比我大四岁而已。

他话音未落已经昏睡在方向盘上，我心里涌起满满的内疚，却不知道如何表示，只好去加油站的便利店给他买了咖啡和三明治。

“太矮了。”他抬起头，仍然闭着眼睛，皱着眉头揉着肩膀，“好酸啊，开了一天车。”然后他毫无预警地靠在了我的肩膀上。

这是第一次有男性靠在我的肩膀上，恋爱经历一片空白的我看着老金近在咫尺的眼睫毛手足无措，却也不由自主地生出一种亲密的感觉，心里像有无数只蝴蝶扇起翅膀。

我自愿给老金做了半小时的枕头。

“你要一直和我说话，不然我会睡着的。”老金指了指漆黑一片的窗外，什么都看不见，只能听见海浪拍打悬崖的声音盖过雨声传进了车里，“很危险。”

“不用说英文，反正我也听不太懂，你只要保持我还醒着就可以了。”

那一个晚上，我和老金像是把一辈子的话都说了，韩语、国语、英语夹杂在一起，两个人各自都滔滔不绝。我自己也很困，舌头不受大脑控制，事后根本想不起来说了什么，只记得好多闷在心里无处诉说的情绪，都在那一晚释放了出来。

老金一边打着哈欠，一边竭力瞪大眼睛看着前方，他的手紧紧握着方向盘，肩膀特别僵硬。

但我不得不承认他专注地做一件事情的时候，有种锐利的魅力，让我无法移开眼睛。

我和老金冒着生命危险开到台北之后，才从车载电台里知道，因为台风，这两天所有的航班都取消了。

老金眼神空洞地喃喃自语道：“白开了，紧赶慢赶地开回来，全都白开了。”

大概是因为紧绷的弦一下子放松了，老金竟没有力气从车里走到就在马路对面的酒店。我连拖带拽地把他搬到房间里，再把他的四肢给搬到床上去。

我自己也累得睁不开眼，来不及多想，就趴在他床边睡着了。

两天之后，台风过去，台北又阳光明媚，我和老金在机场那硕大的落地窗前道别。周围有好几对情侣，接吻、拥抱、流着泪，依依不舍，明明转身了还握着彼此的小指尖。

老金清一清喉咙："好像气氛有些古怪。"他尴尬地笑着，"反正，认识你真好，你留个邮箱给我，我把给你照的照片发给你。"

"你比我先登机，不如我送你到登机口。"我说道。

"不，不用，你若无其事地走开就好了，不然我反而会伤感。"老金把他一直为我提着的背包塞到我手里，自己先转身离开了。

他第二天就把照片打包发给了我，他的单反相机把我照得很漂亮。我们一开始的时候还会在节日互致问候，慢慢地，也成了熟悉的陌生人。

从台北回去之后，我很快就交了男朋友。是我们系里的一个男生，各方面资质都很普通，正好配平凡的我。他很不喜欢旅游，甚至连搭一小时巴士去海边野餐，或者去市中心很出名的法国餐厅吃一次都不愿意。我费了很多口舌才说服他大学毕业的时候和我一起去沙巴旅游。

但我们还没来得及乘上去沙巴的飞机就分了手，他遵从他母亲的旨意回了河南老家工作，而我则固执地选择留在香港。

我一边流着眼泪一边收拾了行囊，觉得是时候一个人去看这个世界了。

我在沙巴的亚庇国际机场见到了开车来接我的民宿老板，他笑嘻嘻地告诉我："一个人玩沙巴，会觉得寂寞的。"

"哦。"我努力睁大眼睛不让自己哭出来，如果能找到伴儿，谁还会一个人来呢？

"我这里有个韩国客人，昨天下午到的，也是一个人来旅游，如果你愿意，可以和他结伴。"

看到我迟疑，民宿老板立刻说："不不不，这个客人不是女的，是个男的。"

"哦？"一听到是男人，我立刻来了兴致，如果有人来填补分手之后生活中的巨大空隙，那就太好了。

"而且很帅，我一见到他的时候还以为他是电影明星！"老板冲我眨眨眼。

"真的？！"我再也抑制不住脸上的笑容。

"而且身材超级好。"

"太好了！你能介绍我和他认识吗？"我也不想装矜持。

“我早就和他说起你了。”老板拿出手机，在我面前晃了一晃，“我跟他说，我车里有个辣妹，刚下飞机，肚子很饿，他托我邀请你共进晚餐呢。”

老板把我送到餐厅门口就走了。

我在车上化了妆又换上了高跟鞋，挺胸抬头，婀娜多姿地走向据说帅哥坐着的二楼露台。

“南希，是你啊！”一声熟悉的呼唤，带着久远的记忆。

我看到老金穿着衬衫，笔挺地坐在桌前，手里握着一杯香槟。

“什么啊！”我下意识地躲开了他的拥抱，我的韩国帅哥还在等着我呢，不能和其他男士有亲密接触。

被我甩开手的老金更委屈了，他冲我吼道：“呀！老板明明说是一个穿白色吊带裙的辣妹，怎么是你！”

“啊？”我仿佛被雷劈中一样愣在当场，老金拿着他的手机给我看，和他发短信告诉他有辣妹光临的，不是我那个秃顶的民宿老板，又是谁?

“这也太巧了吧，世界上怎么会发生这样的事情。”既来之则安之，因为长途飞行累得够呛，我将就着在老金面前坐了下来，不客气地拿过他的香槟。

“是啊，这种事情难道不是只会发生在电影里吗？”老金也颇为震撼。和三年前相比，他英文流利了很多，肌肉也结实了很多，举手投足间，俨然是一位颇有魅力的成熟男性。“可能我们选择民宿的口味比较相近吧。”我想了又想，连续两次同时去同一个地方度假已经堪称奇迹，偏偏又都选择了同一家民宿的概率应该小到可以成为神迹吧。

三年的大学和实习生活，我已经开始学得圆滑世故，说话也不再随心所欲，甚至在前男友面前，也有许多无法诉说的想法。可坐在老金身边，那种穿越时光的安全和舒适让我一下子放松了很多。我和他很快放弃了吃法国大餐的打算，去吃了街边的海鲜大排档。他好笑地看着我龇牙咧嘴地啃着螃蟹，帮我擦去滴到领口的汁液。

“你男朋友竟然放心你一个人来旅游吗？”他笑嘻嘻地看着我。

“因为我现在没有男朋友了。”说到这里，我的眼圈儿又红了。

老金犹豫了一下，将我抱在怀里，一下下地拍着我的背：“没有就没有，我们两个一起玩儿也会很开心的。”

我和老金参加了神山探险团。三年之后，我们又一次在登山的时候遇到了滂沱大雨。

为了在天黑前赶到山腰的旅馆，大家都加快了脚步，两位导游拿着手电筒在前面开路，而作为团里唯一的女生，我渐渐被远远落在了后面。

虽然民宿老板发誓山里的路一点儿都不难走，但大雨一下，原本就很狭窄的台阶愈发湿滑，泥浆和滚落的砂石让前行分外艰难。途中要翻越一座小小的瀑布，还要穿过一座丛林中的吊桥，这些原以为会很浪漫的事情，在暴雨中，全成了难以逾越的障碍。

其他团员已经看不到身影，老金急得拔腿追去，我望着他的背影，眼泪一下子涌了出来。虽然老金并不是我的什么人，但是我已经什么都没有了，现在连最后一根稻草都被夺走。

“南希，我刚刚追上他们了，导游说走的是右边那条山路，过了桥再走一个下坡就到了，你慢慢来，我等你！”老金竟然又折了回来。

他看我实在是狼狈，将我的背包接过去拎着，犹豫了一下，又向我伸出了手。

我不得不承认，他的手是我所握过的最温暖最坚定的。

到了半山腰的旅店，雨突然又停了。老金借了手电筒，带我去看萤火虫。

在这远离俗世的灯光和喧嚣的地方，让眼睛逐渐熟悉黑暗，让心情慢慢平静下来，就能看到萤火虫一只只，像从树上长出来的那样，出现在眼前。

他突然又捉住了我的手，我浑身一颤，半期待半紧张地回过头去，发现他只是掰开我的手掌，在里面放了一只萤火虫。

“真的很美啊。”他说。

“是啊。”

“能够一起看到这样的景象，也是缘分。”

“是的呢。”

“这一次分别之后，我们做好朋友吧？”他试探性地问道，“你有没有把我当成朋友？”

我立刻点了点头，老金时不时展露出那种坚定的直刺人心的魅力，他专注地做某一件事的时候，眼睛里的光辉让人觉得他会无往不胜。

“我可以要你的WhatsApp（一款可以通讯的应用程序）吗？如果你不介意，我可以常常给你发短信吗？”他语气越发小心翼翼。

“当然。”我因为话中满载的暧昧，不由自主放低了声音，身体也朝他那里靠了一些。

“太好了！”他欢呼了一下，“我们用英文聊天吧。我一直找不到人可以练习英语呢！”

我没来由地失望起来，放走了他捉给我的那只萤火虫。

沙巴之后，我和老金的联系变得很密切。他常常在乘地铁去上班的时候发来短信和我闲聊，而我也常常在无聊的时候发一个表情给他。我们谈论首尔的天气，香港商场的打折物品，最新流行的韩剧或者美剧，吃到的美食。那时候我刚开始工作，职场里的人常常见面说一套背后做一套，入职时允诺的加班费和福利费从未兑现，我以为可以信赖的同事却转身就将我的秘密广而告之。一时之间我不知道该信任谁，便将远在千里之外的老金当作保存秘密的树洞来倾诉。

“你很聪明，一切都会好起来的。”只是非常普通的客套，不知为何由老金说来分外可信。

为了感谢我对他的坦诚，老金也告诉了我一个秘密。

他辞去了收入颇丰的工作，跳槽去了旅行社做销售。

“如果我告诉别人，他们一定以为我疯了。”老金这么说。

“因为这真的是一个疯狂的决定！！！”我发了好几个感叹号给他。无论怎么说，咨询顾问听起来总是比旅行社社员要体面很多，赚得也要多很多，不是吗？

“我想趁年轻多看看这个世界，在旅行社工作的话，出去旅游都会有优惠，业绩好的还能有额外的假期和旅行现金券。”

“为什么突然做出这个决定？”

“因为和你在一起的两次旅游充满了刺激和危险。我想趁还年轻多多体验一下这样充满未知数的人生。”他这么说。

“你以为你是柏拉图吗，说得这么文绉绉的。”

他发过来一个笑脸，隔了一会儿又问：“我可以邀请你再次和我一起旅游吗？”

日本有个名词叫“成田分手”，讲的是新婚夫妇蜜月旅行之后发现彼此不适合，在机场就分了手。旅行大概是这个世界上最能让一个人原形毕露的事情，遇到一名合适的旅伴并不比遇到毕生之爱简单。

我和好些朋友一起旅游过，有人怕水怕晒怕走路，无论去什么国家都只想要待在酒店的房间里喝下午茶；有人对食物百般挑剔又有洁癖，错过了许多街头巷尾的地道美食；有人对异域风情自然景观完全不感冒，相比去爬山下海更愿意待在游泳池边喝鸡尾酒。在他们中间，老金是一个看起来并不耀眼但会让人觉得安稳舒适的存在，而关键时刻，他又是那么的英勇果断，像电影里拯救世界的英雄。

几年来，我拒绝了好些人的示爱，包括家人亲戚撮合的许多次相亲。有的时候迫于无奈和他们聊天，很快就感到厌烦了。

他们中的每一个人，都没有老金温柔，都没有老金果断；都没有老金那样知道自己要什么并且毫不犹豫地去争取；都没有老金那样，会在危急时刻向我伸出他的手。

好多人都说我是古怪的人，沉默、寡言、自我封闭，还特别挑剔，自视甚高。我都不觉得有什么，我总是在收到老金的短信或者视频的那一刻微笑起来，我的房间里贴了一张地图，每和老金去一个国家，我就把那个国家涂成粉红色。我看着墙壁上越来越多的粉红色，觉得自己是全世界最幸福的人。

我和老金一起旅游了很多次，在旅行社工作的他对于计划行程非常内行。我们再也没像最初那样因为冒失鲁莽而陷入危险之中。在奥克兰郊外海边的帐篷里，他躺在我边上，枕头边是甜美的白葡萄酒和我们从海里钓到又花了很久才烤熟的牡蛎和贝壳。日用品早就由老金贴心地摆放妥当，车子也加满了油，炉子上烧着他特意打来给我洗脸刷牙用的热水。

就这么过下去也不错，一辈子都不要安定下来，一辈子都在路上，一辈子都看不同的风景。

“南希，我们一起出来这么多次，你的男朋友从来都不介意吗？”老金突然问道。这是我们第二次涉及男女朋友这样的话题。

“不介意，因为我也没有男朋友。”

“南希啊，我一直以为我们是无话不谈的。”老金说道，他看到我揉着肩膀，伸过胳膊来垫在我的脑袋下，“你这么漂亮，工作也出色，应该很容易就能找到男朋友的。”

“为什么要找男朋友？”我因为他这么俗气的话而有些生气。老金就应该是鲜衣怒马不食人间烟火的人啊。

“因为可以有人陪在你身边，照顾你啊。知道你有好的归宿，我也会很开心的。”

“你既然这么说，为什么自己不来做我的男朋友？”这句话脱口而出，没有半分犹豫和尴尬，一定是因为我在心里排练了很多遍。

老金沉默了很久都没有说话，他向来最不会说场面话，他沉默得越久，我的心里就越难过。

“南希，你一定是喝多了葡萄酒才这么说的。时间不早了，睡吧，明天还要赶路。”

他把胳膊抽了回去。

从奥克兰回去之后，我和老金还是每天嘻嘻哈哈聊天说笑，说起以后要一起去南美洲、南极、非洲大草原，但不祥的预感越来越强烈。

从十九岁到二十六岁，和老金一起，我看了很多想要看的风景，去了很多梦寐以求的地方，遇见了很多美好的人和事。刚开始旅游的时候，我总是拿着相机拍很多照片，买一大堆纪念品，回来之后将房间布置得颇有异国情调，假装自己一直在路上。但慢慢地，我连相机都不会带，明信片也不再买，我知道这样的日子终有一天要结束，我只希望在彼时彼刻，可以看得更细致些，体会得更深刻些，铭记得更久远些。这样，当我不得不开始过繁琐单调的生活的时候，还能记得至少自己曾经自由任性过。

但我从来没有想过有一天，是我深爱着的老金，来劝我过回安宁稳定的生活。

“我要在三十岁生日前去一次南美洲。”老金说，他已经做到了旅行社分店店长，在旅游中拍的照片也在当地的杂志上发表，“然后我就会辞职回之前的咨询公司工作。”

“什么？”我又被他吓到了，哪怕我自诩非常了解他，“你上个月才升了职。”

“在旅行社做得无论多么出色，收入总是有限。过了三十岁，买房、买车、结婚、生孩子，都要提上日程，到那时候，旅行社店长的收入就远远不够了。”

“你听起来那么世俗，像是你曾经最讨厌的人。”我说这话的时候有些伤心。曾几何时，理想主义者老金的存在就像我生命中的一道光芒，看着他那么努力地排除万难追求梦想，即使世事再艰难，我也觉得一切都有希望。

“因为我老了。”老金说道，“我们已经去了这么多的地方，是时候回家了。”

我在周末做了两份兼职，花了近半年时间才攒到去南美洲旅游的钱。出发的那天定在老金的三十岁生日前夜。我把这些年和老金一起旅游时拍的照片做成了一本纪念册，找了出版公司排版、打印，准备送给他作为三十岁的生日礼物。

出发前的一周，老金突然发来一条短信：“南希，对不起，我不能去南美洲了。”我打电话过去，永远都没人接。

几天之后，我收到他寄来的一封信，里面夹了一万港币，他在便条纸上潦草地写道这是补偿我损失的机票钱。

我大病一场，高烧到三十九摄氏度，病好之后去上班，老板说我看起来简直像游魂，仿佛一碰就会碎掉，他什么活都不让我干，命令我继续在家静养。

我死活不肯。我的房间里全是和老金一起旅游时带回来的纪念物，我盖着他在土耳其买给我的羊绒毯，一闭上眼就能看到他拉着我的手冲我笑，醒来的时候，就越发悲伤。

我爱着老金，说不清是因为他在暴雨天坚持将我送回了台北，还是因为登山的时候他自己摔了一跤却在倒下去的时候护住了走在他前面的我。我从来不对他说我的感情，但我知道，除了“爱”，没有第二个字可以解释我对他的信任、依恋，和每次看到他的时候满心涌动的欢喜。

我也知道他并不爱我，他信任我、依赖我，喜欢和我在一起，但他的眼神里，从来没有超出友谊之外的感情出现过。我告诉自己这样就很好了，老金住在我的电话里，为我排忧解难，他每半年带我去旅行一次，拉着我的手，让我枕在他的肩膀上，这样的相处，已经比很多情侣都要亲密了。

我伤心的，不是最终还是要告别，是我和他连一个像样的告别都没有。

如果在奥克兰没有对他表白就好了，我后悔了很久很久。

我每天都看着MSN上老金的头像，突然有一天，老金的头像变成了他和一个美女的结婚照。

我并不吃惊，也没有掉眼泪。我已经回了老家，在离开香港的时候，我把所有和老金有关的物品都扔了。我和妈妈很满意的人选在约会，可能很快就要结婚。我的男朋友从没出过国，一生只坐过四次飞机，他不喜欢吃西餐，也不会写诗拍照画画。他每天下班回家给我做酸菜鱼头和糖醋排骨吃，然后一边洗碗一边看着我在电脑上工作。

我一年半来，第一次给老金发了消息，我说：“结婚快乐。”

突然，老金的窗口回了一条短信，他说：“谢谢你。”

他终于愿意坦诚地告诉我，他这么多年来一直有女朋友，而他说不能和我去南美洲那天，是他求婚成功的日子。

“我本来想和你去了南美洲之后再求婚的，我一直想去南美洲，想要让自己的旅行生涯圆满些。但我的母亲突然病重入院，我希望我订婚的消息可以让她老人家开心一些。而且她在我出门旅游的时候一直照顾我的家人，我觉得我亏欠她很多。”他这么说。我以为知道真相的我会哭、会骂，会逼着他飞来上海向我道歉。但我只是觉得很疏远，那个拼命道歉的老金，根本不是我所认识的他。

“你也知道这一天总是要到来的，我们各自都要结婚、买房子、买车、生孩子，买更大的房子。我们不能一直在路上。只是，我原以为我可以在南美洲，和你有一次正式的告别。”

老金原本是要和他的女朋友一起去台湾的，无奈他的女友实在不喜欢旅游，即使他给她买了机票，她也不想去。

去沙巴的前夜，他刚和女友吵了架，因为她是个非常不喜欢刺激，不喜欢浪漫，不喜欢接触新事物的女孩，他觉得她成了他生命中的负累，一气之下就抛开她，开始独自探索世界。

可是他走得越远，越发现他女友平淡无奇的拥抱的可贵。

在辞去咨询公司职位前，他和女友约定，她留在首尔照顾家人，而他则用五年的时间去看这个世界。

虽然五年的时间没有到，但他已经受够了漂泊和冒险，是时候降落在一个地方，安稳地生根发芽了。

“祝福你啊。”我真心地说，我爱的人过上了他想要的生活，而我也终于可以将心中无望的执念慢慢放下。

“我真的很对不起你。我不该让你误会我和你之间，可以比做朋友更进一步。”他这么说。

我苦笑一声，关上了聊天窗口。他明明可以不让我误会的，他明明可以不让我这么伤心的，他明明可以给我一个圆满的告别的。但是我并不是他爱着的那个人，很多事情，他也不需要为我做。

我并不后悔遇到了老金，我和他在人生最美好的时间里遇到了彼此，一起走过了一段路，一起看过了一些风景，我不能奢求更多。

是时候，换一个人，去看不同的风景了。

# 六月

## 成长

# 艾玛

我对艾玛的第一印象就是美，昏暗的酒吧里，她站在我面前，穿着一件镶有珠片的红色吊带衫，露出她平坦的毫无赘肉的小腹。

“你是新来的吧？”她用笑得弯弯的眼睛望着我，神采奕奕，像是会发光。

“是啊，是啊。”我拽着衣角看着我脚上崭新的舞鞋，还有粗壮的小腿，我来这个拉丁舞派对前，可没有想过会在这里看到如此多美丽的女孩。

“来来，我带你认识认识其他人。”她自来熟地拉过我的手，她的手软绵绵的。她带我认识了来自意大利的艾利克斯、来自英国的大卫，他们每个人都对我露出敷衍的笑容，但面对她的时候，立刻热情活泼起来。

跳拉丁舞的女孩竞争非常激烈，因为跳得好的男伴实在太少，每一次派对前，舞蹈房里每个人都摩拳擦掌、蓄势待发，刀光剑影从每个人都格外性感的装扮和紧紧抿住的嘴角里露出来。在我来之前，女孩们早已经拉帮结派完毕，我又不漂亮，又不苗条，又不性感，一个人孤零零的，像误入天鹅群的丑小鸭。艾玛是唯一会来拉我手的人，帮我把装饰繁琐的裙子脱下来，帮我揉开肩膀酸痛的肌肉。有的时候她留下来加练，我看着她踮脚、踢腿，音乐一起，胯部一扭，性感和美丽都恰到好处。她见我直勾勾地望着她，嘻嘻笑着，走过来替我校正胯部的开度。有的时候我们会一起吃饭，喝一点儿百利甜酒，再来一块杯子蛋糕。

她不属于任何一个帮派，因为所有的男人都爱她，他们抢着要跟她跳，在她面前弯下腰亲吻她的手指。追她的人中数来自英国的大卫最露骨，他的眼睛永远都望着艾玛，直勾勾的充满情欲的眼神掩藏在他绅士的笑容和举止之下，趁人不备扫过她汗湿的衣服中露出的胸罩带和热裤不能包裹住的半个丰满的臀部。他时不时给艾玛送花和红酒，用尽溢美之词赞扬她的舞姿。俊朗的艾利克斯每每嗤之以鼻，他身高腿长、胸肌发达、体毛浓密，在艾玛面前踢腿旋转，毫不掩盖地散发着他的男性荷尔蒙。

男人们像孔雀开屏般争相夺取艾玛的注意力的时候，艾玛却总是淡定地不紧不慢地来来去去。

“他们只是因为我长得好看才喜欢我。”她耸耸肩，“大卫邀我出去，替我拉开椅子的时候顺便揽住我的腰，他问我胸罩的号码，说要送维多利亚的秘密的内衣给我，又借着给我倒酒想吻我。但他从不会问我喜欢谁的音乐，为什么开始跳舞，更不会问我的梦想是什么。”

我知道艾玛的梦想是有朝一日可以在文化中心的舞台跳舞给所有人看。

不知从何时起，尼克这个名字开始在谈话中出现。这个其貌不扬而且不再年轻的男人是艾玛科室新来的医生，从英国聘请来的心脏手术专家。艾玛因为巧合，常常跟他搭班。有的时候忙了一个通宵，他们就相约去不远处一家叫Flying Pan的地方吃早餐。周围坐的每个人脸上都带着隔夜气，连带侍应也无精打采的。食物是惯常的炒蛋、香肠、培根、烤番茄，艾玛吃几口就放下了。

“快点儿吃。”他以外科手术的方式精准地切开香肠，然后喂到她嘴里。

安达卢西亚的舞团来香港表演弗拉明戈的时候，艾玛念叨了好久想要看却一直没有买到票，尼克不知道费了多少周折，买到了两张内场票。

去看演出那天，艾玛穿了一件灰色卫衣、牛仔裤、平底鞋，进去后才发现坐在内场的都是有头有脸的人物，每个人都盛装打扮，她一时尴尬得要逃出去。他眼疾手快地拉住她，从包里拿出一条丝巾给她围上。大大的丝巾，柔软的质地，灿烂的图案，流苏的设计，正好适合热烈奔放的弗拉明戈舞，她一下子成了开在人群中的一朵耀眼的花儿。她惊讶地望向他，心里像是涌起一阵暖流。

他用只有她能听到的音量说“我爱你”。

“怎么办呢？”艾玛咬着下唇，脸色绯红，把玩着芒果冰上插着的一面小旗。

“答应他呗。”在她炯炯的目光下，我放下吃到一半的炸鱼，口齿不清地回答她。

“可是他那么矮，又不帅。”她噘起嘴，“而且年纪比我大这么多，又只会在香港待一年。”

“那你去找艾利克斯啊，又高又帅，去享受他年轻的身体啊。”我继续埋头吃。

“不行不行，尼克和那些跳舞的人都不一样。他从来不趁看电影的时候偷偷摸我，每次见面也不急着要上床。我们聊天，一聊就是一个晚上，他是那么风趣、那么幽默，他仿佛知道所有东西，每次都能准确猜透我的心思。和他在一起，我觉得像是在发掘一个宝藏。”她急急忙忙摆手，匆忙中把芒果汁溅在了身上。

“你自己已经有答案了，不是吗？”我摊摊手。

艾玛支支吾吾地，又开始玩头发上的一枚珍珠发卡。那是尼克第一次去看她跳舞之后送给她的，正好可以搭配她镶满珠片的舞裙。

我见到艾玛的机会越来越少，每次一下课她都心急忙慌地跳进细高跟鞋和紧身连衣裙里，一边拼命按下电梯按钮一边画口红喷香水。她要赶去尼克家，帮他洗内裤、熨西装、做晚餐、做夜宵、做第二天上班的便当盒。艾玛是这么火焰一般热情奔放的人，她一动情便也爱得热烈。她掏心掏肺地对他好着，她无时无刻不在咧嘴傻笑着。我好不容易把她拦住，让她给我看尼克的照片。

平淡到转过头就会忘记的男人，圆脸，头发很稀少。

舞蹈房的女孩少了个最强劲的竞争对手，每个人都雀跃了很多，她们甚至主动和我说话，邀请我加入她们的下午茶八卦，听她们讨论艾玛勾引男人的伎俩。有的时候我想提醒艾玛她得为十二月的选拔加大训练量了，但一想，说不定美好平淡的爱情对她来说，比实现梦想更珍贵。

四个月后的某个凌晨，我久违地接到了艾玛的电话。电话那头的她泣不成声，连一个句子都说不出来。

我打车去了她家，那是一个萧瑟的雨夜，气温骤降了好几度，路面上都苍苍茫茫的。

一开门，艾玛盘腿坐在沙发上，头发凌乱，目光呆滞，硕大的黑眼圈和未干的泪痕让我看了也几乎落泪。

艾玛告诉我一个半月前，尼克对她突然冷淡了很多，是骤然转变，毫无防备地从每天几十条短信和无数个电话到每天最多讲不超过三句话。

她原本计划了国庆假期和他去菲律宾潜水，因为在他家看到过潜水服。他一开始满口应承，但也没有付诸行动。艾玛去了旅行社，订了海边的小别墅，她甚至去买了新款的比基尼、性感的睡衣、八种不同味道的浴盐。

等到假期前三天，尼克突然说他很累了，哪儿也不想去，只想待在家里。

艾玛默默退掉了机票和酒店，买了一些帕尔玛火腿、芝士和香槟，准备去他家给他做饭。

然后尼克说不用了，他会和他的朋友去桂林爬山。

“从什么时候开始冷淡的，你们第一次上床之后？”我问她。

“对哦。”她倒吸一口冷气，瞪大眼睛望向我，“你怎么知道？”

“最合理的推断。”我耸耸肩，不知道该怎么解释我第一次看到尼克，就觉得他望向艾玛的眼神中情欲居多，而爱情是其次。那是捕食者看到美丽猎物时候的眼神。他所做的一切都太过火了，他说的情话太甜蜜，他表达爱意的姿态太夸张，他承诺给得太迅速——所谓“物极必反”，我不免生出了怀疑。

“可是他最近真的很忙。我们医院新接了一台心脏移植手术，他每天都说很累。

“他的前女友最近遇到了一些财政问题，一直在纠缠他。

“可能是之前几个月老是和我待在一起，他也想喘口气。”

“圣诞节前有明年三月份拉丁舞节开幕表演的试镜。既然他没有时间陪你，不如把时间用来跳舞吧。”我打断了她。

“对哦，我都忘了那个。”艾玛转过头，泪水蒙眬的眼睛里开始有了些许神采。我揽住她的肩膀，轻轻地拍她。

她哭累了之后沉沉睡去，相约第二天就和我去跳舞，突然她的手机振动了起来。

她整个人从床上弹起来，两只眼睛紧紧盯着手机的屏幕。

“今天晚上七点，我有空。”

她立刻把跳舞抛到脑后，开始洗澡，敷面膜，小心翼翼地刮去手臂上的汗毛，从衣柜里拿出十多条裙子试来试去。我轻轻地带上了门。

艾玛当然没有来跳舞，我每天练习三小时，十个脚趾的指甲全部跳断了，大腿上满是瘀青，连舞鞋的鞋底都快被我磨穿了。我参加了试镜，却没有得到任何角色。

圣诞节那天的派对上冷冷清清，好多女孩因为试镜失利而退出了舞蹈班。大卫开始追求一个新来的同样身高腿长、妩媚动人的叫朱蒂的姑娘。我跳了一曲回来，看到艾玛坐在我的位置上，正在吃我包里的水蜜桃软糖。

“对不起。”她柔柔软软地靠过来，在我的耳朵边说。

我拿出钱包：“我来请你喝一杯吧。”

艾玛坐在椅子上，懒洋洋的，而且她很快就喝醉了，比平时不胜酒力得多。

“他又忽视你了？”我挑准时机问道。

“他去西班牙了。”她叹口气说，“我偷偷进入人事部的电脑里查了他的排班，看到他圣诞加新年有十一天的假期，满心以为他会来找我，结果连续打了好几天电话给他，他接起来的时候告诉我他在机场。”

“你说从珠海回去之后，他对你又热络了起来。”

“是啊，他向我道歉，说因为手术的问题一直心无旁骛，又不想简简单单说一些敷衍的话，所以准备等到空下来再多陪伴我作为补偿。后来他带我去了澳门，在澳门塔上面的旋转餐厅吃了自助餐。我亲手为他织了围巾，在上面喷了我惯用的香水，这样他忙起来的时候，也能享受一些我的陪伴。”

我晃一晃酒杯中的玛格丽塔，仔细地在杯口抹上一些细盐：“然后他又不再联系你了？”

她沮丧地点点头，其间大卫拥着朱蒂，不知道是不是刻意地在她面前走过，她也没有看见。

我没有料到艾玛竟然会跷班追去巴塞罗那。她看似柔弱的外表下，却有着一颗如此热烈且执着的心。

艾玛追去巴塞罗那，却在酒店门口等来了尼克和他的前女友凯蒂。

假期之后我见到艾玛，她已经绝望到连哭都哭不出来，只说这是史上最荒诞的圣诞节。

平安夜，她和尼克以及凯蒂去了号称当地最古老的一家餐厅，要拐进好几条小巷，然后走下长长的逼仄的楼梯。两个女人的高跟鞋空空荡荡地回响着，而尼克走在她们中间，用艾玛织的围巾蒙住半边脸，没有去牵任何一个的手。

他们吃了一只芝士焗龙虾、一大盘海鲜烩饭、一碟卡邦尼意粉，还喝了两大瓶桑格利亚酒。艾玛和凯蒂坐在一侧，尼克坐在另外一侧。三个人都没有说话，只是偶尔将胡椒粉和盐递给对方。

晚饭过后，尼克陪凯蒂去见她的朋友，也替艾玛买了弗拉明戈表演的门票。她一个人去看了表演，围着他送给她的那条围巾，戴着他送她的珍珠发卡，好多男人都请她喝酒。

她喝得醉醺醺地回去，敲他的房门。他丝毫没有诧异，把她迎进来，仔细地亲吻她，替她解开发髻，脱下衣裙，他按摩她的双脚，然后慢慢地进入她的身体。

第二天清晨，他替她买来早餐，为她收拾行李，然后送她去了机场。

“于是我又原谅了他。”艾玛懊恼地抱着头。

“就是因为他和你做了爱？”我非常不能理解，“我觉得和艾利克斯上床应该也会不错吧，光是那六块腹肌看起来就蛮吸引人的。”

“不是，是因为他亲吻我、抚摸我的时候，我能感觉到他是爱着我的。他的眼神那么真挚，动作那么温柔，像一声叹息。”

艾玛一次又一次地原谅尼克，一次又一次地告诉自己，尼克还是爱她的，一次又一次地放下身段去讨好他，但最后尼克还是和她分手了。

并不是因为凯蒂，也不是因为他要回英国了，而是因为他爱上了另一个女人，那个女人逼着他和艾玛断绝一切联系。

他对艾玛说的最后一句话是：“对不起，你太好了，我配不上你。”

艾玛发狂般找他，但他不接电话，不回短信，虽然在同一间医院，但他永远都能避开她。每次她去敲心脏外科办公室的门，里面的几名大夫都用戏谑的目光看着她，用非常轻蔑的口气和她说话。

她请了长假，躲在家里哭了很久，怎么约她也不肯出门，我发狠不想再管她的事。她凌晨四点打电话给我，说她已经好几周睡不着了，抽噎着问我怎么办。

我给她快递了一瓶威士忌。

艾玛再次回到拉丁舞派对上的时候，穿着一条大红色的露背裙子。她瘦了很多，但气色不错，紫色和银色的眼影衬托着相同颜色的手环，妩媚妖娆还在，更多了些楚楚动人。连大卫也停下了和朱蒂的调情，握着酒杯过来和她寒暄几句，又分外轻佻地碰了碰她手中的酒杯。她也嬉笑着和他打招呼，又绕到边上去问艾利克斯好。几个新来的拉丁舞女孩没见过艾玛，但眼见她如此美丽又受欢迎，立刻警惕了起来。

她终于不再拒绝艾利克斯和大卫的示爱，我有一次撞见她和艾利克斯十指相扣朝舞蹈教室走去，又有一次看到她接过大卫的玫瑰花之后，轻轻吻了吻他的嘴唇。

她跳舞的时候开始变得心不在焉，她眼波流转，指尖轻触，一颦一笑都香艳无比。男人们纷纷拜倒在她的石榴裙下。女孩们纷纷对她侧目而视，我一个人默默在旁边压腿，也不知道说什么好。

好多次我都提醒艾玛要小心，玩玩可以，但千万不要让自己陷入麻烦中。但很快，我就分不出时间来照看她，我经过三次试镜，获得了在一家时尚品牌的开幕礼上跳舞的机会，每天晚上都要留下来练到很晚。我和一起训练的几个女生变得更亲近，其中有个叫琳达的住在我家附近，我们常常在她家的客厅里研究头部昂起的姿态和脚背弓起的弧度，互相按摩酸痛的肩膀和小腿肚。她知道我和艾玛相熟后大吃一惊。

“你们看起来不是同一类人。”她直截了当地说，“我不喜欢她。”

“她刚受了情伤，所以变成现在这样。”我解释道。

有一天艾玛突然给我打电话。

她约在我们刚认识的时候常去的那家杯子蛋糕店。

她说，她觉得欠我一个解释，要告诉我她为什么成了现在这样。

“我又遇见尼克了，原来他半年前回了英国，现在回来两周，开一个会。”

“什么？”

“他夸我更好看了，又夸我越来越会穿衣服了。”她喝一口沙冰，深吸一口气，“然后他问我要不要和他上床。”

“哦。”我并不是很意外。

“我原来以为他和别的男人不一样，以为他爱的是我这个人而不是我的身体，现在看来全天下的男人都是一个样！”她愤愤不平地说。

我小心斟酌着用词：“你真的太美了，很多男人看到这么美的事物就满足了，懒得再深入挖掘你的内在。”

“我原本还想说他追我的时候追得那么真诚，我拒绝好几次他都没有放弃，甚至还会分享我的兴趣，揣摩我的爱好。我那时候是真的以为他想分享我的整个生命的。”

“既然你明白了这一点，那不如打起精神前行吧。好男人虽然很少，但总归是有的。”我用无数次安慰过我自己的话安慰她。

“你不明白。”她摸着我的头，酸涩地笑着说，“你那么努力，那么美好，每个人也都爱你，老师也喜欢你。但我不一样，我把我所有能付出的感情都付出了，我的心已经死去了，我现在根本就不奢望什么爱情啊、承诺啊，我太累了，只想趁年轻寻欢作乐而已。”

她的手机响了三次，不知道是哪个男人正急吼吼地想要得到她。她伸出手想要够手机，但看到我正望着她，又缩回了手。

“虽然我并不觉得我这么做有什么错，但坐在你面前，看着你跳得越来越好，我真的很羞愧。”

“有事就快走吧。”我轻轻拥抱了她一下，“不用想太多，我只希望你能快乐。如果你不快乐了，就来找我，我一直在这里。”

“嗯。”她点点头，突然，又转过脸来，非常真挚地看着我，“也请你坚持跳下去。”

艾玛身边从未缺少过追求者，约会也从未断绝，因为她拒绝和尼克上床，尼克又开始了对她的穷追不舍。她曾经那么鄙视只看重外表不交付感情的大卫和艾利克斯，而现在，她正变成和他们一样的人。

我仍然关心她、爱护她，但我的舞蹈表演大获成功，接到了越来越多的比赛和表演邀约，每天花在排练房的时间越来越长，和她的联系也越来越少。

“你那个朋友艾玛，是不是正在和Shiny酒吧的调酒师拍拖？”琳达一边替我揉开肩膀的肌肉，一边问道。

“我不太清楚，可能是吧。”

“他曾经是我朋友的前男友，我朋友离开他是因为他吸毒，你最好提醒一下艾玛。”她一边说，一边摇了摇头。

我拿出手机，发了条短信给艾玛。

跳拉丁舞四年之后，我终于得到了在文化中心的舞台上表演的机会，虽然只是众多红裙舞女中的一个。

我人生第一次站在聚光灯下，在成千上万人的注视下，沉下肩膀，踮起脚尖，扬起裙摆，等着音乐响起的那一刻。灯光照得我眼前一片白茫茫的，我仿佛在孤岛上，什么都看不见，但我心里的那团火焰是如此的明亮，燃烧着，指引着我。

演出大获成功，我在晚宴上收到许多鲜花和礼物，来祝酒的人太多，我喝得半醉，趔趄着走向后门透个风。

突然有人唤我的名字，我浑身一震，向阴影里看去。

艾玛站在楼梯尽头，她还是很美，在黑暗里依然耀眼。

“你，还好吗？”我小心翼翼地问，仿佛声音大一点儿她就会消失不见。我没有意识到我已经开始微微颤抖。

“不，之前不好，现在好些了。”

艾玛的酒保男朋友因为吸毒欠债陷入了麻烦。他开始用之前拍下的艾玛的裸照来要挟她。艾玛将所有的积蓄都给了他，却远远不够填他的无底洞。

艾玛天天提心吊胆，害怕他做出什么极端的事情，她工作的时候恍恍惚惚，最终在给病人打针的时候犯下大错，差点儿让医院陷入官司。她被炒了，失误记录让她很难在其他医院找到工作。

她躲在家里好几个月，直到她的酒保男朋友被警察抓了起来才算解脱。做笔录的时候，她看到六七个高挑美丽的女孩子，全是他同时约会着的女朋友，也全是受害人。

我准备用拇指拭去她的泪水，却发现她的脸颊是干的。

“眼泪早流干了，先是尼克，然后是他。”她笑笑，因为脸颊瘦得凹陷了下去，所以看起来有些古怪，“现在想想也怪不得别人。尼克的话，只能说是我自己笨，一次次被他的甜言蜜语给骗了，一次次地回头去找他，再然后，是我自己忘记了自己的梦想，成了一个连自己都讨厌的人。”

“你知道在家里待着的几个月，我是怎么熬过来的吗？”她问。

“我又开始练跳舞，两年多没跳，我连基本步都做不好。我天天练，天天练，我看着网上你演出时候的照片，我幻想着像你那样踮脚、旋转、跳跃是什么感觉。慢慢地，我好像又沉静了下来，又可以靠自己的力量活下去。”

“谢谢你最终实现了我们的梦想。”她紧紧地拥抱着我，“你不知道你给了我多大的力量。”

艾玛重新回到了课堂上，我坐在她后面，替她压腿，她咬紧牙关，一毫米一毫米地往下压。

兜兜转转这么多年，走了许多坎坷的歧路，但最终，我们还是并肩奔跑在实现梦想的道路上。

我想起我刚开始跳拉丁舞的时候，老师站在我面前，恶狠狠地问我知不知道自己哪里跳错了，艾玛偷偷提醒我“左脚要放在右脚后面”。我想起每次赶去上七点钟的课的时候都没有时间吃饭，艾玛总是会给我带一盒维他奶和一块费列罗巧克力。她第一次来拉我的手，她的手细细的、软软的，稍微有些汗湿。

“哎呀，两分钟还没到吗？”艾玛突然叫唤起来。

我站起来，匆匆跑去洗手间，然后流下了一滴眼泪。

# 七月 欺骗

# 戛然而止

虽然时间仓促，第二天又有九点十分的早班飞机要搭，接到盖伊电话的时候，我还是费尽心机找出一条宝石蓝色的连衣长裙，又化了个以紫色眼影为主的淡妆。他一直是个情怀浓烈的人，讲究色香味俱全的五感飨宴，我常常诧异他是如何将所有细节都规划得面面俱到，并且将每个棱角分明的人都安置妥帖的。但是他的体贴不是讨好、不是卑微，而是会让人在体会了他的好之后万分感激并且就此铭记心头的，当然，以他现在的处境、金钱、地位、名望一样不少，虽然啤酒肚无法避免，但依旧身板硬朗相貌英俊，便真的会有种全世界尽在股掌之间的感觉。

我不停看着手机里十号沙龙的地址，避开了兰桂坊的声色犬马、湾仔的混乱嘈杂，还有尖沙咀海港城地带的一掷千金，在繁华路段一个要拐进去的小巷子里，前一秒钟还是夜晚收摊之后萧瑟零落的市集，后一秒钟，掀开天鹅绒布帘，打开黄铜门把有希腊神话浮雕的厚重木门，我看到几张摆着很多软垫和唱片、非常舒适、一坐下去就不想起身的沙发，而盖伊照旧占据了墙角最惬意的那一张。

“我是要来给你讲个故事的。”他说。他已经开了一瓶香槟，放在一旁醒着，看到我之后就给我满上一杯。

我在沙发上坐下来，脱下我的正装外套，他体贴地接过，招呼门童过来，又顺便贴了贴我的脸颊。

“外面这么冷啊。”他说。

“起风了。”我拢一拢被吹乱的头发，“这里可真不错，怎么想起带我来这里。”我环视了一下，两个木头书柜里摆放着许多唱片，吧台很远，但远远望去就能看出不少难得的好酒收藏。酒吧里放着上个世纪中期的爵士乐，像是回到了伍迪·艾伦的电影中，和大作家一起漫步在黄金年代的午夜巴黎。

“因为这里就是故事发生的地方。”盖伊说。一位穿着白衬衫配黑马甲戴着金色袖扣和徽章的侍应端上来两盘小点心，一盘是番茄酿茄子，配意大利黑醋汁，点缀着火箭菜；一盘是鲑鱼做成的小卷，外面包裹着炸得金黄色的黄油酥皮。侍应毕恭毕敬地放下餐盘，鞠了个躬，然后对盖伊说了句：“请随时吩咐。”

“说起来，这一切还要全靠这位先生。”盖伊冲侍应远去的背影挥了挥手。

两个月前正是酷热难当的仲夏，盖伊在空调房间里喝着冰伏特加，依然燥热不安，却突然接到一个陌生女人的来电。他以为是保险推销员，正准备断线，却被电波另一头那清冽干脆的声音给吸引了。

好一番解释后他才明白，原来周五晚上在第十号沙龙，他和这位叫莫妮卡的女士同时用汇丰银行的金卡付账，归还卡的时候，侍应误将他们两个人的卡调换了，而他们又都喝得微醺，未加思索就将卡放回到钱包里去了。

“我下午在餐厅付账的时候被告知我的签名和信用卡背后的签名不符，我想了好一阵子才明白过来是怎么回事。然后我按照您在信用卡上的名字在网上搜索了您的资料，幸好您是这么有名的电影制片人，我一会儿就拿到了您的电话，是你公司的前台秘书告诉我的。”莫妮卡满是抱歉地说，话语里也满缀着温柔，“可是我之前两天已经用这张卡消费了不少，那些愚蠢的营业员也没有发现签名里的问题。我想我可欠您不少钱，要不我们这周出来见个面，您带上您的信用卡账单，我还钱给您。”

电话挂上之后，盖伊还沉浸在那清脆好听如初春山谷的声音中不能自拔。闷热的热带岛屿的暑气也立刻被这股清风给带走了。他发了阵呆之后，突然跳起来，进入了自己的网上银行。

“阿玛尼的香水，纪梵希的衬衫，一只卡地亚的手镯，美容中心的SPA，浅水湾大饭店的下午茶。”盖伊翻查着最近两天的刷卡记录，突然觉得兴奋起来。他开始幻想一个瘦削高挑的美女，面容如她的声音一样干净清秀，行事利落，不拖泥带水，她穿着白色的纪梵希衬衫，却只扣到第三颗纽扣，露出凛冽的锁骨和若隐若现的蕾丝内衣。她行走起来带着阵阵暗香，纤细手腕上银白色的镯子枉自顾盼生辉，高跟鞋上的长腿，皮肤细腻，肌肉结实，像是时尚杂志夏天专号封面上的尤物。

盖伊想着想着就过了整个下午，黄昏的时候，窗外开始有此起彼伏的蝉鸣，他打开一小扇气窗通风，热浪夹着楼下面包店准时出炉的肉桂卷的香气扑面而来。他才突然想到，如果这个莫妮卡小姐是个有夫之妇，该怎么办？

他又拿出那张属于她的信用卡，签名很潦草，但正面还是写着名字——莫妮卡·亚历山大——多么火辣又隽永的名字。他念了好几遍，天哪，光是一个名字就能让他兴奋得如同青春期的少年。他打开电脑，又关上，一会儿又打开iPad，然后突然又恼怒地将iPad摔到床上。他要忍住不查这位莫妮卡小姐的资料，就算他已经在自己的幻想里发了疯，他觉得自己像是即将见到黛西前的盖茨比。虽然家财万贯，却一下被击中了软肋，他又想象自己回到了奥斯丁的书里面，没有无聊的网上约会和肤浅的相亲网站，一个邂逅，一个眼神，就能许下一段良缘。

哦，也有可能是一段孽缘，他的理智告诉他。但是谁还能管得了呢，他享受着内心深处隆隆作响的不安，还好，他本身就是狂放不羁寻找乐子的人，如果每天都是安宁静好，那生活也就不好玩儿了。

“你们见面了吧？”我问道，将一块番茄咽下去，汁水饱满，黑醋汁更是神来之笔。

“当然。”他放下刀叉，拿过一块餐巾，替我擦了擦滴在领口的番茄汁液，身体放松靠在柔软的沙发背上，双腿伸直，双手交叠着放在桌上，一副娓娓道来的叙事者模样。

他们确实见面了，按照盖伊浪漫主义的性格，自然是选在了这间令他们结缘的沙龙里。

“晚上八点，最靠近墙角的那张长沙发。”他给她发了这条短信之后，花了整个下午想着要穿什么。最后干脆穿了一件他平时穿的衬衫，配上登喜路的袖扣，他嫌西装裤太正式，临出门前还是换上牛仔裤，穿着百丽的软皮鞋子。

他像所有的绅士那样早十五分钟到达，让侍应布置好餐桌，然后点了一瓶能够彰显他品味的红酒，又拿出一张探戈音乐的CD，拜托侍应播上，正好是电影《闻香识女人》里面的那一曲。

“我既要装作镇定，又忍不住门口望，其间进来了一个穿着黑色蕾丝套裙和银色露趾高跟鞋的年轻姑娘，美是美，却掩饰不住单纯和稚气，有种穿了大人衣服的惊慌失措，我以为是她，心里一阵失望，忍不住喝了好几口红酒。然后突然听到那个干净的声音唤我的名字，我抬头一看，面前的姑娘穿着白色的纪梵希衬衫，纽扣扣到第三颗，褐色的卷发垂在好看的锁骨上，我几乎失态得要打翻酒杯。”

盖伊喜欢征服不同类型的杰出女性，他的上一任是个加拿大的滑雪运动员，再上一任是华尔街年轻有为的女律师。他的手机里还保存着那些女人们的照片，一个个美得毫不雷同却同样风华绝代。他面对那些平庸女性的时候总是极尽挑逗，温柔体贴，毫不正经；遇到他动心的，却又变得全副武装，还要扮作满不在乎。而此刻的他，竟然流露出难得一窥的窘迫和手足无措来。

“那个晚上如何？”我问。

“犹如隔着面纱的嫣然一笑。”他说。

莫妮卡小姐每天都要早起去游泳，所以不能待得太晚，她要了一盘最简单的凯撒沙拉，一份芝士拼盘，显得自律又节制。他们隔着桌子谈论麦克尤恩的新小说，门罗值不值得得诺贝尔奖，还有Elie Saab新一季高级定制那些美得惊为天人的华服，然后正谈到兴头，莫妮卡小姐露出抱歉的微笑，起身告辞了。直到厚重的木门打开又合上，空气中还弥漫着她淡淡的如同冬天的森林般的香水气息。

盖伊向她展开了疯狂攻势，开始的时候他尚且保持矜持，写充满排比和隐喻的优美情书，不动声色地给她送去匿名的礼物，包括一瓶他为她特别调制的鸡尾酒。他从她家门口拍到她早晨出门的样子——

穿着运动鞋，太阳在背后冉冉升起。但几个回合之后，他就彻底失去了优雅的步伐，开始像青春期长着满脸痘的少年一样穷追猛打起来，毫无章法，他给她发很多短信，写邮件，露骨地赞美着她的身体。而她则愈发有恃无恐起来，今天身体抱恙，明天临时有个远道而来的朋友要相陪，但是她每次出现，都是高贵精致毫无瑕疵的。一整个夏天，盖伊望着窗外的梧桐树叶子，有很多瘦削的穿着短裙和夹脚凉鞋的女孩在他楼下来来去去，他看着一成不变的世界，愈发觉得莫妮卡的出现弥足珍贵。

他们之后又见过几次面，在酒吧或者咖啡馆里谈论人生。作为一名合格的法国电影制片人，盖伊知道所有富有文艺范儿的去处，包括搭建在一个医院的废弃高台上三层楼高的咖啡馆，在顶楼眺望海景的感觉就像住在赤柱的独立屋里一样；一个颇有拉丁美洲风格可以抽水烟跳古巴萨尔萨舞的地方，每个侍应都留着大胡子长得像哈瓦那。莫妮卡就像那一束跳脱的阳光，她穿着柠檬黄色的裙子，踩着亮闪闪的高跟凉鞋，头发上别着一个向日葵发卡，她扭头嫣然一笑的时候，比全世界的诗篇加在一起还要美好。

盖伊自然没有收她要缴付的信用卡账单，而且骄傲如他也自动为她鞍前马后起来。莫妮卡想要的搭配她颀长脖颈的香奈儿耳环，莫妮卡想要的衬托她修长小腿的菲拉格慕小羊皮高跟鞋，他都自觉买来，装扮他的女神。莫妮卡的内心羞涩纯洁如同她的外表，所以盖伊两三个月过去也只轻轻亲吻了她的嘴唇，以及在拥抱的时候趁机抚摸过她形状美好的胸部。她最后终于肯执着他的手，带他去在四季酒店泳池举行的派对，将他介绍给她的闺密们，顺便也让他慷慨解囊为所有人买单。

“她让我为这个派对买单的时候，我突然意识到所有的东西都不是我想的那样。”盖伊玩弄着高脚酒杯，“哪有人在还没有确定关系甚至都没有上床之前，就让我买几万块的单？再仔细一想，她之前那些欲拒还迎，那些关于时尚和奢侈品的谈话，那些临时取消的约会和刻意营造出来的矜持，就全都解释得通了。”

“那你买了单？”我问道。

“没有，我假装没带钱包，只有一些备用的现金，千把块，我全部给了她，反正也足足够付我喝的那两杯Mojito和吃的一份炸鱼薯条。然后我推托有个电话会议要开临时走了，你真的想不到她当时的脸色有多难看。天哪，我之前是有多么看走眼才会把她当成可以进一步交往的对象。”

“就这样了？”我隐约有些失望，虽然我不是期待白马王子遇到公主这样童话般剧情的小朋友，但我心中的剧情可要比这个现实的结局要跌宕起伏很多倍。

“才没有呢，要是就这样，我怎么会花整个晚上的时间跟你讲这件事呢。”盖伊拿过我的酒杯，又给我满上，阔大的手掌擦过我的拇指，“你可是见惯大世面的女作家啊。”

“那还不快点儿告诉我。”正好侍应送来了提拉米苏蛋糕，还额外配了一碟德文郡鲜奶油给我这个甜食怪兽，我放松地靠在椅背上，耳边音乐悠扬婉转，我把手脚都摊开来，坐等盖伊揭晓大结局。他一直是个很好的讲故事的人。

“我以为那天拂了莫妮卡的面子，她一定再也不会联系我，哪知道，我一走了之之后，她倒突然变得热络起来。还花了很多时间解释她要我买单不过是开了个玩笑，那天她喝多了，说话也比较肆无忌惮。”

“也正常。之前都是你围着她团团转，现在形势倒过来了。谈恋爱总是这样，一方越死心塌地，紧紧相随，另一方就越满不在乎。一方越难以捉摸，飘忽不定，另一方就越有征服的欲望。唉，你们两个都是贱人，根本就不是相爱，只不过在用头脑和定力玩一场游戏。”我摇摇头，必须吃一大口蛋糕才能平复我的心情。

“我突然明白过来，我根本就不爱她，她也不是我想要的那个人。她一定是在社交场合里周旋了许多个有钱男人，所以穿衣谈吐都能扮得很有品味。说实话，她不知道经历了多少个男人，所以对于无论是文学还是音乐还是时尚都能侃侃而谈，但我后来一想，她对于每个话题都浅尝辄止，从不深究，一定是从不知道哪个派对里听来的。我后来找我几个混迹于酒吧会所的风流朋友稍微一打听，就知道莫妮卡是什么货色了。”盖伊抿了口香槟，露出男人惯有的狡猾和轻蔑的笑容，“但既然她自己送上门来，也没有不尝一下的道理。何况她那对肌肉线条流畅结实的长腿，做爱的时候缠在我腰间，天哪，一定性感得不行。”

“那你上完之后觉得如何？”我突然明白过来，原来盖伊叫我出来兜了这么大一个圈子，不过是向我炫耀他上了一个穿纪梵希衬衫戴卡地亚手镯蜂腰长腿的美女。我早该想到男人都是如此肤浅的。香槟酒瓶已经快要见底，音乐是那首著名的《蓝月亮》，和酒精一起灌醉人的耳朵，可见沙龙老板一定是伍迪·艾伦的铁杆影迷。我微醺地靠在一个蓝色天鹅绒质地的软垫上，唯一不好的就是远处坐了一桌英国人，因为酒过三巡所以说话越发大声。事情从来都没有什么复杂的，美酒、美食、爱与性爱，仅此而已。

“我们约出来在The Pawn的阳台喝酒，你知道。”他冲我眨眨眼。

我点点头，我去过那里两次，每次都看到一对一对情侣在阳台接吻，无一例外是年轻美女和中年外国男子的搭配，配上这间殖民地时代留下来的外墙斑驳的旧建筑，和模仿欧洲酒吧种植的绿色藤蔓植物，仿佛某种标准配置。

他们就像所有目标明确的情侣一样，点上两杯鸡尾酒和一个意大利冻肉拼盘，借着酒精的助力开始热吻、抚摸，仿佛恨不得黏在对方身上一样。两杯酒过后，他们已经迫不及待，箭在弦上，一触即发。盖伊自然是不会让她去他家的，所以他们最后来到了莫妮卡位于苏豪区靠近卑利街的公寓。公寓大堂金碧辉煌，挂着名家字画和水晶吊灯，莫妮卡的客厅里摆着意大利真皮沙发，还有一些油画和小工艺品，以及一个肖邦的右手模型，摆得随意又漫不经心。

“但我一走进她的卧室就吓坏了，床上散落着纸巾和一包开封的薯片，穿脏的内衣和打底衫散落在床头柜和书桌上，华伦天奴的裙子胡乱塞在洗衣篮里面，桌上一本书都没有，只有时尚品牌的目录和信用卡的账单。我虽然早就知道她不过是金玉其外，但一想到怀里的可人儿的卧室竟然这么脏乱，我还是不免扫了兴。”

“但是既来之则安之，所以你还是继续了？”我把最后一块蛋糕塞进嘴里。

“是啊，我试着集中精神去抚摸她打理得当的长卷发、显然是许多昂贵SPA堆砌出来的光滑皮肤，我摸着她曲线分明有着紧实肌肉的背部，然后轻轻脱下了她的套裙。”

“既然你心里想的是潇洒一回，就别讲究什么内涵啊什么灵魂啊，毕竟不是所有女人都有闲钱和时间去做运动做保养的。”

“但是你不知道，我脱下她的连衣裙之后，发现她竟然没刮腋毛！”盖伊激动地挥舞着叉子，叉子上还有被咬了一半的鱼肉卷。

我笑得简直要跌到地上去，幸好沙发足够大：“你不是法国人嘛，有个笑话说的是法国女人从来不刮腋毛的。”我已经握不住酒杯，只好放在桌上。

“可是她是穿纪梵希衬衫戴卡地亚手镯的女人，她那天还戴着香奈儿的耳环和项链，她经历过那么多个男人，怎么还不懂得要刮腋毛。”

“可能是因为她也感觉和你不会有什么前途，也懒得再进行投资，不过是两个饥渴的人各自解决生理需要，何必要认真。”

“唉，算了，不提了，反正那天我就匆匆了事，然后落荒而逃了。”盖伊挫败地挥了挥手，“但那天晚上，我竟然失眠了。”盖伊仿佛为了和他的叙述相吻合，现在看来，竟然也颓然了很多。我第一次想到这个风流倜傥的男子毕竟也快五十岁了，生命也正在残忍地将最好的时光一点点从他的身上夺去。

“我当然不是为了莫妮卡而沮丧。不过是想到我一次又一次，以为自己找到了命中注定的那个女人，却一次又一次失望。有的时候，她看起来什么都好，但是，总有那么一个瞬间，我明白她不是那个人，绝对不是那个人。”盖伊坦白地望着我，“你还年轻，跌跌撞撞，爱来爱去，最后都会成为你写作的灵感和餐桌上的谈资。但等你活到我这么大，你就会不时开始恐慌，觉得再也遇不到这么一个人，最终只能孤单终老了。”

“我年轻的时候爱得那叫一个轰轰烈烈，但是每一次到临门一脚的时候，突然就鬼使神差地射偏了。我从来不觉得有什么关系，那所欠缺的一点点爱、一点点理解、一点点承诺和一点点勇气，我觉得下一次肯定就能得到了。但你也知道，事实上，下一次之后，又是再下一次，她们每个人都是好姑娘，但都不是那个人。我是一个那么感性的人，总是记住所有的细节，那些声音、气味、颜色、阳光照射的角度，所以我根本没办法凑合着活下去，却又非常畏惧冬天，害怕孤独。”

“我要走了。”手机上的时钟趋近午夜十二点，我是现代版的灰姑娘，在夜晚谈论文学和音乐，爱情与人生，但钟声一响就要被打回原形，回到繁重枯燥的工作中去。对了，还要为明天的旅行准备行李，文件不知道在哪个角落，杭州刚寒潮过境，要把冬天的衣服找出来，而我的大衣却还存在干洗店里面。我越想越烦躁，拎起手袋就要走。

“你知道我一直很喜欢你的吧？”盖伊从沙发上抬起头来，直截了当地望进我的眼中。

“我知道。”我点点头。看到我在Facebook上写心情沮丧之后发来的一个搞笑图案，知道我忙于加班所以买了高级法国餐厅的外卖到我公司底下等我，那些温柔的话语，似有若无的肢体接触，我再也不能装作一无所知了。

“只是你一直不肯给我一个机会。你就看着我爱了一次又一次，看着我遇见一个又一个错的人，你真的是太冷酷了。”我不知道是不是因为灯光太过昏黄的原因，有一瞬间，我仿佛看到盖伊久经沙场的眼睛中流露出一丝悲凉。

“不是这个原因，只是，若我们一早就开始约会，大概也只会落得你和莫妮卡小姐的下场，便再也没有机会在这个开始起风的夜里喝一杯酒然后交换一下各自的故事。”我穿上外套，小心地系好丝巾，“我并不是什么特别的人，只是因为你一直没有得到过我，所以才觉得我美好。”

“可你不是莫妮卡，你这么聪明，这么敏感，我们是触觉敏锐、情感充沛的同一类人。”盖伊也站起来，穿上他自己的外套，远远地冲那个冒失鬼侍应挥挥手。

侍应看到他要走了，立刻走上来，问他对食物和音乐满不满意，又邀请他下个月一定要来，到时候会有一批来自瑞士的新葡萄酒。我凑上去，亲了亲他的脸颊，然后转身打开了那扇厚重的木门。

不知道什么时候下了场雨，地面还是潮湿的。一阵寒风袭来，这是今年我第一次在风中觉察出一丝凉意，我紧了紧领口，坐上了迎面而来的出租车。一定要把去年买的那件厚毛衣找出来，我默默地想。

# 八月

# 蜕变

# 不如跳舞

我学拉丁舞是因为这是我能想到的接近托尼的最好的方式。

托尼是我们公司公认的男神，三十一岁，剑桥毕业，在总公司做到经理后被派来香港分部做CEO的副手，各方面都完美到无可挑剔。

我们部门所有的女性，从正在经历更年期的燕姐到喜欢穿卡通拖鞋扎双马尾的莉莉，都狂热地爱着他，为他建立微信群。当托尼在年会上表演了一曲桑巴舞之后，整个微信群都沸腾了，她们凌晨四点仍然不断发着“好帅啊，他真是太帅了”之类的消息，后面跟着一个个爱心。

我还记得那一晚他矫健又挺拔的舞姿，他充满力量的跳跃。为了离他更近些，全公司的白领女精英们都像得了失心疯一般冲破保安的阻拦往台前挤，混乱中，燕姐租来的晚礼服被钩出了线头，莉莉新买的高跟鞋被狠狠踩了一脚。但她们仍然带着物有所值的痴笑，在公司的茶水间里自豪地展示她们近距离拍摄到的托尼的相片：他那紧实的肌肉在模糊的对焦中依然清晰，像行走着的性爱之神。

燕姐和莉莉在讨论怎样才能和托尼说上话，CEO的楼层需要特殊的密码才能进去，能和托尼打上交道的也只有我们部门的经理。“这辈子，要是能和他单独说上一句话，我就觉得死而无憾了。”莉莉激动地说，脸上有刚才看托尼照片时留下来的红晕。她们都不知道我和托尼单独接触过，这个秘密让我觉得我比她们离托尼更近。

那天下午，阳光肆无忌惮地照在他的办公桌上。面试结束，他送我到门口，为我按下电梯的按钮。他诚挚地看着我，紧紧握着我的手，他说：“你很优秀，希望将来有机会和你共事。”

彼时的我对于爱情抱有不切实际的幻想，期待着遇到一个童话里王子般完美的男人。我遇到很多平凡却爱着我的男人，我忍受着寂寞和愧疚，一一拒绝了他们。直到托尼终于出现，握住了我的手，他和我的幻想一样完美，分毫不差。

我立刻将我所有无处安放的爱全部放到了托尼身上，爱上一个人的感觉如此奇妙，有的时候我觉得耳目一新，有的时候我觉得困惑，有的时候我觉得忐忑不安，探索未知世界的美妙让我对托尼的好感与日俱增。

我原以为他真的认为我是很优秀很特别的存在。直到我有一次和他同坐一部电梯，他的眼睛一刻都没有离开过他的黑莓手机，我才明白，我和燕姐或者莉莉一样，尽管和他同处一幢办公楼，却依然遥远得像隔了半个地球。

不过我并不是一个轻易认输的人，我费尽周折打听到托尼在尼古拉斯和陈露合办的舞蹈学校里学习，立刻拿出半个月工资，报了名。

陈露的外貌与托尼一样耀眼，尼古拉斯却完全不符合我心目中拉丁舞者的形象，他中等身材，走路有点外八字，说话的声音也很轻。可是音乐一响起，他就立刻变成了另外一个人，他舞起来的时候时而像鹏鸟，时而像春风，时而像闪电，时而像火焰，每一个动作都与音乐的起承转合相吻合，看起来那么自然，那么顺畅，仿佛他的身体也是一种乐器。

“你觉得我能跳得像你这么好吗？”我情不自禁地问。如果有朝一日我也能如此耀眼，那么，托尼便再也不能忽略我的存在。

“如果你真心热爱跳舞的话，就一定能。”他拍拍我的肩膀。音乐声一停，他又变得非常不起眼，简直可以消失在墙壁的背景画里。

托尼没有上初级班，我一个人从最基本的站姿开始练。汗如雨下，大腿抽筋，我依然努力站得笔直，疲劳和疼痛，让我觉得我离托尼更近了一点儿。

来这里跳舞的女人大多是为托尼而来，男人大多是为陈露而来，美好的肉体比舞姿本身更有吸引力。而尼古拉斯虽然是这所学校的主办人，却常常显得形单影只。

他又固执又完美主义又不擅长社交，上课的时候常毫不犹豫地指出学生的不足之处，漂亮的女学员央求他少做五次下腰，他也丝毫不让步。所以下课了，大家呼朋引伴去吃消夜，只留下他一个人默默扫地拖地。

有一天我忘记拿舞鞋，回去的时候，发现他嘴里含着冰块，双目紧闭，满头冷汗，瘫软在洗手间的地板上。

看到我，他想要支撑着站起来，却只站到一半就跌倒在地。他有些窘迫地望着我，想要开口说话却没办法拿开捂在嘴上的手。

我才知道他牙痛到要靠含着冰块才能勉强开口说话，却为了不耽误教课，没有去看牙医。

“下了课才发觉原来这么痛。”他虚弱地对我说，想要硬挤出一个笑容却没有成功。

我打了车送他去医院，他执意让我回家不用照顾他，我也并没有坚持。

那次之后，我和他亲近了很多。

他并不是天赋异禀的人，身体比例也不够突出，却靠着勤奋和努力成为了全香港最出色的舞者。我搬着小板凳坐在他身边，听他讲是如何从什么都没有到现在开出了全香港最大的舞蹈教室，听他讲他没钱的时候是如何去快餐店吃别人剩下的半个汉堡，听他讲为了租到练功房，问多少人借过钱。但他讲的时候轻描淡写，语速飞快，仿佛那些困境都没有什么大不了的。

“这么困难竟然也没有想过放弃吗？”

“我真的很喜欢跳舞，我一直在做自己热爱的事情，没什么好抱怨的。好啦，过去的事情讲也没有用，快去跳舞。先把基本步做一百次。”

他掰着我的脚尖，不停地叫我绷直脚背。我痛得浑身发抖，汗如雨下，连哭都没有力气。

五分钟后他放开我，替我擦干满脸的汗水。他说：“你有潜力，你完全可以跳得更好的。”

城里的拉丁舞学校会轮流每个月举办一次派对。

那些平时不去上课也不参加比赛的高手都会出现，特别是那些经验丰富的男性，他们最喜欢坐在角落里观察新来的年轻貌美又有天分的女学员。

头两次去派对，我在椅子上干坐了三四个小时，看着穿着露背装的性感女孩们在舞池中穿梭，看着陈露和托尼穿着同款的红色舞衣，气势磅礴地从舞池的一头舞到另一头。

我看得有些气馁，不知道还需要多少时间才能优秀到足够引起托尼的注意。

尼古拉斯仿佛听到了我内心深处的祈祷，他出现在我面前，向我伸出了手。

我愣愣地望着他的手，直到他无奈地翻了个白眼：“别的女生看到我请她跳舞都要高兴得尖叫起来的，为什么你这么不把我当一回事儿。”

我无法形容尼古拉斯跳得有多么的好，但他的手总是在我要失去平衡的前一刻扶住我，他可以轻而易举地将我举起，做出各种令人目眩神迷的动作却丝毫不用我费力。我和尼古拉斯一连跳了好几支舞之后，竟然也有人写小纸条放在酒杯下给我，夸我跳得好看，约我派对之后一起去喝一杯。

“快点回他说‘等下见’。”尼古拉斯一把抢过纸条，“你一定迫不及待了吧。”

“我才没有兴趣呢。”我把纸条扔到垃圾桶里。既然不是托尼的邀约，赴了也没有任何意义。

尼古拉斯看起来很是雀跃，他把我介绍给他的朋友们，又说因为我今天晚上跳得不错，要请我吃消夜。

我学了三年拉丁舞，技艺因为尼古拉斯不断给我开小灶而突飞猛进。

很多和我一起开始学的女孩已经放弃了，或者因为会跳舞而得到了拍广告的机会。

我留在了舞蹈学校，带着膝盖和左脚踝的伤，和时不时出现在我腿上的瘀青。我仍然在C公司工作，我的同事莉莉她们仍然狂热地喜欢托尼。托尼仍然在公司的电梯里对我视而不见，哪怕他在舞蹈派对上见到我的时候，会和我点点头。如果排队上洗手间的时候正好排在我的前面，他还会和我聊聊天气和恒生指数。

托尼在派对上只和陈露以及另外两三个顶尖女舞者跳舞。三年来，他一次都没有走向我。

“你觉得我还要学多久才够资格和托尼跳舞？”有一天陈露替我压腿的时候，我忍不住问她。

她笑得前仰后合：“你以为托尼真的像他看起来的那么不近女色？你等着吧。”

她在派对上邀请我跳舞，跳着跳着，她突然将我大力旋转出去，我尚未反应过来，便落入了另外一个怀抱。

我抬头望向条件反射下接住我的人，眨了眨眼，又眨了眨眼，才确定自己正在托尼的怀中。

他正在对陈露比一个愤怒的手势，但看到我，还是和煦地笑着说“Hi”。

我为刚才出了很多汗却没有补喷香水而懊恼。

音乐突然变快了，我紧张得心脏快要跳出来，我没有办法去想如何才能跳得优雅动人，只是希望能够领会到他的每一个引带，能够不要踩到他的脚。

没想到他突然在我的头顶问：“你在和尼古拉斯约会吗？”

“什么？”我吓得立刻抬头望向他，结果撞到了他的鼻梁，他还没有来得及说没关系，我又笨拙地踩了他一脚。

“你看他看你的眼神。”他有一瞬间看起来很恼火，但立刻恢复了绅士风度，耐心地指给我看。

尼古拉斯坐在墙角，用一种宠溺又专注的眼神看着我，看到托尼的时候他微微皱了皱眉，但很快，又将全部注意力放到我身上。

隔了那么远，我还是被那目光中的炽热给惊到了。

我百口莫辩，只是希望托尼能相信我和尼古拉斯并没有在谈恋爱。

“没有就好。”我的紧张让他不禁笑起来，他冲我眨了眨眼。

那天晚上我冲尼古拉斯发了很大的脾气。

世界一直在往前走，唯有我的生活停滞了，对托尼的爱和迷恋没有丝毫进展。

而我发现，原来把一切责任都推到尼古拉斯身上，就可以假装不是我的问题。

我冲他吼，问他老是约我出来，老是单独给我上课，是不是为了要在托尼面前宣誓对我的主权，是不是要让我一辈子都没有办法和托尼在一起。

哪怕我的理智知道尼古拉斯绝不是这么想的，但是我情绪的闸门一开，沮丧和抱怨便一泻而出。我一边内心羞愧，一边对尼古拉斯掷出非常伤人的话。

“你难道不知道我喜欢托尼喜欢了三年吗？我这么努力跳舞是为了什么，就是为了得到他的青睐啊！”我声嘶力竭地吼道。

“你要不要吃冰激凌？”他小心翼翼地问我。

“超市只有蓝莓味的了，你要不要吃？

“你还是吃一个吧，你想要吃别的什么，我再给你买。”

我转过身，勉为其难地拿过一个冰激凌。他的脸上立刻露出了灿烂的笑容。

“你和托尼的事就交给我吧。”他说。

第二天早晨，他在舞蹈学校的网站上宣布，这一年圣诞的售票公演将由我和托尼来跳压轴的那支舞。而公演前的私人课，则是由陈露来教。

我按照陈露的要求挺拔地站着，脚尖向外，膝盖分开，胸部和臀部挺出去，勉为其难地拗出一点儿曲线。

托尼正好走了进来。他对我笑了笑，竖起大拇指，然后给了陈露一个大大的拥抱。

考虑到两周前，他问我要了电话号码；一周前在公司电梯里遇到的时候，他叫了我的名字。一切都在逐渐变好。

慢慢地，托尼开始热衷于和我发短信。

他常常在午夜发来短信问我在干什么；他健身回来，会让我看他的胸肌有没有练得更大些；他出差的时候，常常传送来一张躺在酒店床上的照片，说他多么想念香港。他有一次搞错了时区，凌晨三四点钟发短信给我，见我一直没有回，便不停地追问我是不是对他感到厌烦了。

“才没有呢。”我早晨一睁开眼，连眼屎都没来得及擦，便迫不及待地回复了他，“我只是睡着了，不过没关系，以后睡觉了我也会开短信提示音的。”

每当他提起“寂寞”“孤单”“疲劳”这些字眼，我便重新开始觉得，他还是需要我的，正如我需要他一样。

我几乎要忘记了在我刚开始学跳舞的时候执着我的手哪怕被我踩了很多脚也没有放开的尼古拉斯。

那次争吵之后，我再也没有见过他，直到圣诞演出前的最后一次私人课。

托尼要谈生意，我一个人去了舞蹈教室。

陈露没有来，出人意料地，我看到尼古拉斯坐在一大堆布料间，他面前摊开的笔记本上画着给我设计的舞衣的草图。

“好久不见。”快两个月没见，他的抬头纹深了很多，简直像用刀子刻进去的。

“是啊。”他抬头看到是我，眼睛一瞬间亮了起来，可惜那光芒并没有持续很久。他张开双臂拥抱了我，摸了摸我的头发。

“瘦了一些，也结实了。”他颇为高兴地告诉我。

“因为陈露要求特别高。”我向他讲起陈露那些严格到近乎苛刻的要求，脚尖踮起的角度，手指张开的弧度，每一个动作都有讲究，要在镜子前面练成千上万次。

“但是如果因此可以让托尼倾慕，是不是也算值得？”他脱口而出，但又仿佛惧怕听到我的回答，立刻招呼我去看他给我设计的舞衣。

“或许吧。”我很认真地想了想。不知道为什么，得到托尼的倾慕突然显得没有那么吸引人了。

“我希望他可以爱上你。”尼古拉斯非常郑重地看着我，“你是一个这么美好又昂扬的女子，你理应得到你想要的。”

在桑巴舞的前奏开始前，尼古拉斯冲我眨了眨眼：“我可是特别为你编排的这支舞呢。”

这一支舞非常亲密又缠绵，我贴在他的身上，由他将我抱在怀里，由他带着我旋转、摇摆、跳跃，在舞池中划过一道又一道优美的弧线。

我的手臂贴着他的手臂，我的左腿缠着他的右腿，我微微后仰的时候，听到他的心脏跳得比桑巴的鼓点还快，一曲跳完，他竟然面红耳赤、气喘吁吁。

“如果你觉得不自在的话，就闭上眼睛，把我当成托尼那样来跳。”

他非常贴心地说。

“我觉得还是你带我的时候感觉更自然。”

“是吗？”他惊讶地望着我，不自然地搓着手，脸上的表情非常复杂，“不过我后天要去纽约，做一个舞蹈比赛的评委，不能来看你和托尼跳舞了。”

“你不是不喜欢做评委吗？”我愚蠢地问道。

“是啊，是啊，哦，之前是这样的啦。”他大概也没想到我会这么问，几番张嘴，又不知道说什么好。

上次争吵之后，再和他同处一室总觉得尴尬，他也不说话，只是和我跳了一次又一次。与托尼跳的时候每一次都忐忑不安，生怕自己做得不够好，与尼古拉斯跳的时候只觉得内心安稳，哪怕跳错了，哪怕站不稳，也知道他一定会稳稳地接住我。

“我要送你一件圣诞礼物，祝你演出成功。”音乐停止了，他看着我，又看看还放在我肩上的手，有些局促地说道。

他从角落里拿出一个塑料袋，掏出一个毫不起眼的黑色盒子给我。

我打开来看，是一双璀璨的红舞鞋，高贵内敛的缎面中间镶着一颗耀眼的宝石。我迫不及待地穿上，发现异常合脚，并不由自主地跳了起来。

他在一旁为我打着拍子，我跳得越来越快，像是穿上了传说中的魔力舞鞋。

“我希望这双舞鞋能带着你走向你想要的那个人。”他宠溺地看着我。我不知道该说什么，被强大的感情笼罩着，竟不由自主地流了泪。

他抬起手，仿佛要擦干我的眼泪，但他最后只是摸了摸我的头发，在我的耳边说了一句“祝你一切顺利”。

圣诞汇演的前一天，托尼请我在他家附近吃日本菜。

他带我去了会员制的私家厨房。他和厨师流利交流，谈论今天有什么新鲜的食材，应该搭配什么当季的蔬菜，而我连那些鱼的名字都没有听说过。

他看了我两眼，说：“我替你点吧。”

我立刻点头，求之不得。

上来一盘盘我从未见过的珍馐美味，他看到我将名贵的海胆拿去蘸酱油，立刻抓住了我的手腕，却没料到海胆还是“啪”的一声跌进了酱油碟里。

他放开我的手腕，叹口气：“没想到还是太迟了。这个很名贵，要直接吃才能吃出食物的原味。”

一顿饭吃得比被他面试还要紧张，我努力想要显得聪明有趣，却又因为身处如此陌生的高档环境而手足无措。

出了餐厅才发现下雨了，托尼自告奋勇地跑回家，给我拿来了干毛巾和伞。

他体贴地用毛巾包住了我湿漉漉的头发。

我抬起头想向他道谢，却意外地触碰到了他下巴上的胡楂。痒痒的，我稍稍往回缩了一下。

下一个瞬间，我能感觉到他的舌头在我的嘴巴里攻城略地。

掠过我的牙齿，扫过我的牙龈，拂过我的舌尖。

我并没有很多接吻的经验，但我仍然能够分辨出他是一个接吻高手。

他的吻是炽热的，舌尖撩拨我像撩拨大提琴的弦，但是他的拥抱是冰凉的，连他的浴巾都比他的怀抱温暖。他有很高明的技术，但是他并没有爱和情感。

他就像被女巫拿走了心的机器人，我看过他和那么多女孩跳舞，听过他那么多次风趣幽默的谈天，他讲的从来都是别人的故事。我听过他夸一个女生美丽，转头就对第二个人说她穿的裙子很土。我还听过他口吻轻蔑地说我们部门的负责人很蠢，连他在预算表里做了手脚都没有看出来。

我最后选择闭上眼睛，假装他是有感情的，假装我对他来说就像他对我来说那么特别。

“我本来应该邀请你上去坐坐的，但我明早有一个会要开。”他突然离开了我的嘴唇，转身指了指电梯，“到一楼之后往右边走，你就能出去了。”

雨已经停了，有一轮巨大的月亮挂在天上。

圣诞汇演终于来了，在众多女孩的尖叫声中，托尼一步一步向我走来，在众人的目光中，牵起了我的手。

我曾经以为如果这一切真的发生，那全世界就此剧终也在所不惜。

但当他真的带着我旋转、跳跃，将我高高举起做出各种炫目的动作，将我揽在怀中随着音乐慢慢摇摆，我既没有血压升高，也没有心跳加速，更没有像我预料的那样晕倒在他的怀里。

我默念着尼古拉斯教给我的要领，专注地想要跳好每一个动作。

“我今天刮了胡子。”他在结尾的一长串鼓点中说，我还没有反应过来，就感受到了他的舌头。

帅气得人神共愤的托尼在亲吻我，但我竟然一点儿欢喜的感觉都没有。

我今天跳得那么好，尼古拉斯却不在。

托尼在我耳边呢喃着问我去不去他家喝一杯。我并不是特别想去，但也不想错过这个曾经梦寐以求的机会。

我和他一前一后地在马路上走着，我还穿着红色的舞鞋，汗水被风吹干了，脊柱有丝丝的凉意。

他在每一个岔路口捏一捏我的手，轻轻说“朝左”“朝右”“前面路口再拐进去”。

停在他家门前电梯口的时候，看更人笑着和他打招呼，瞥了我一眼，对他竖了竖拇指，他也笑了，拍了拍看更人的肩膀。

在那个干瘪瘦小用牙签剔着牙的看更人的目光里，我觉得我像是一件待价而沽的物品。

托尼的房子就像他这个人一样完美又华丽。客厅里铺着雅致的地毯，墙角散落着不同形状不同颜色的灯盏，落地窗外是蜿蜒的灯火。

墙角有个高贵典雅的乳白色酒柜，托尼打开来，招呼我走过去，让我挑一瓶我喜欢的红酒。我对于品酒一窍不通，便随便指了一瓶。

托尼将那瓶酒拿出来，仔细打量了一下，微微摇了摇头，又放回去，拿出了另外一瓶。

他意味深长又颇带挑逗地看着我："今晚是个特别的夜晚，应该开一瓶更好的。"

趁着醒酒的时候，他带我参观他的房间，他的衣帽间比我住的地方还大，上百件衬衫按照颜色的深浅整齐排列。地毯上摆着一溜柔软精致的牛皮鞋，也是按照颜色深浅排列的，鞋尖全部朝向同一个方向。

红酒在晶莹剔透的杯子里摇曳生辉，蜡烛点了起来，硕大的液晶屏幕播放着浪漫的电影。

托尼坐在我身旁。

我刻意坐在离他比较远的地方，他拍拍他身下的垫子，说："这个是兔毛做的，很暖和，你也坐上来吧。"

我曾经以为我可以做他的女朋友，独自占有他的心，成为他生命里最特殊的那个人，现在，我却不知道他有没有心。

我以为我会像那些感性的脆弱的被爱情折磨到发狂的女人那样，对他说出那三个神圣的名叫"我爱你"的字眼，我以为我会哭，我会歇斯底里，我会摇晃着他的肩膀问他到底对我有没有感觉。

但我只是看着他，伤感地喝了一杯红酒，我想或许我也没有我以为的那么爱他。

托尼的手轻轻地搭到了我的大腿上，我扭头看去，他的眼瞳因为欲望而变成了深蓝色，像暴风雨来临前的天空，纯粹，直接。

那一瞬间，我想到尼古拉斯望着我的样子，他浅蓝色的眸子，他问我要不要吃冰淇淋时眼底闪过的一丝紧张。

托尼的脸上倒还是他一贯的儒雅得体的微笑，他替我解释电影中的英文双关语，手却慢慢向上，滑到了我的大腿根部。

我闭上眼睛，反正都到这一步了，不如感受一下这稀薄的温暖也好。

他慢慢地靠过来，缓缓地抚摸我，所有动作都一点儿不多，一点儿不少，层层递进，异常娴熟。而屏幕上放着的爱情喜剧里，男女主角也开始宽衣解带。

他亲吻我、爱抚我，隔着胸罩揉捏我的乳头，食指顺着我脊背的凹陷缓缓向下。我的身体里像有电流通过，但我却无论如何都没办法觉得开心、兴奋，我努力做出享受的表情，发出我在色情片里听到的那种呻吟声。

我能感觉到他身体的炽热，但他却还是在最后关头一把推开了我。

那双充满欲望的眼睛直勾勾地看着我，他严肃地问我：“你是不是不想要？”

“不，我想要的。”我说。我条件反射般想要取悦托尼，想要吸引他。

“但是你看起来却不是这样的。”他退后一步，有些失望又有些疲惫地看着我，“你很紧张，而且一点儿都不兴奋。”

他没再说话，闷声不响地扔掉保险套，再把被他扔在地上的内裤捡起来穿上。

他还是表现得很绅士，亲吻一下我的额头，告诉我没关系的，又告诉我多喝点儿酒。

他没再正眼看过我，“咕咚咕咚”把一杯红酒一饮而尽。又从裤袋里掏出手机，一下子发了许多条短信。

二十多分钟后，他终于长吁一口气，站起来去洗澡。我看到他的手机不断震动，不免好奇。

显示为“莉莉二号”的人发短信给他：“我已经在出租车上了，大约四十分钟之后到你家。”

“莉莉二号”的头像，正是办公室里坐在我前面那个戴眼镜又毫不起眼的莉莉。

我才发现原来我想要的东西，可以如此轻易地得到。

我的眼泪止不住地流了下来，我哭得浑身颤抖，一边流鼻涕一边打嗝，拼命捂住嘴巴还是哭出了声音。我从来不知道原来我的身体里有这么多眼泪。

从浴室出来后，托尼把已经灭了的蜡烛重新摆好，又把还没喝完的红酒放进了冰箱，他发现我还在的时候愣了一下。

我连忙别过头，想用刘海掩饰住红肿的眼睛，我不想告诉他，我曾经在他身上投入了多少真切的感情。

他不动声色地说："你走吧，我等下还有事。"

我离开托尼家的时候已经是凌晨四五点，我走在香港最繁华的湾仔区，看着天空被高楼和墙壁分割成一块块，看着路面被电车的轨道分割得支离破碎，我走进便利商店，给我自己买了一个冰淇淋。

第二天，我给托尼发短信："谢谢你昨晚的招待。"

他说："也谢谢你赏光。"

仿佛那些亲吻、触摸、调情和落荒而逃都没有发生过。

冷静下来之后，我开始想，以托尼的样貌、才华、事业、财富，他为什么非要喜欢一个人，爱上一个人，只为她停留，只与她共舞。

他就像一座华美的城堡，你走进去，金碧辉煌，繁花盛开，但是那么寂寥，那么空旷，无论你在里面待多久，都会觉得仍然是孑然一人。

陈露也发来短信问我好不好。

她说，她一直知道托尼是什么样的人。

"我早就想告诉你的，但是我想，你这么美好，或许可以改变他吧。"

我慢慢回想，才发现陈露也是一座空荡荡的城堡，像她跳的舞那样，很干净利落，不拖泥带水，所有女人的弱点她都没有，所以她走得比任何人都远。

她从不回头，从来没有牵挂。

我想明白这一点，是有一天，当我突然发现陈露另立炉灶，自己开了一所舞蹈学校的时候。

她的学校的课程设计和尼古拉斯几乎一样，但学费却要便宜三分之一。

她带走了一大半尼古拉斯的学生，她承诺，凡是之前在别的地方学过拉丁舞的，改到她这里跳，第一个季度都能对折优惠。

她开学的第一天，正好是尼古拉斯从纽约回来的那一天。

他在网站上兴奋地说他这次纽约之行见到了国际著名的拉丁舞大师，学到了一些新的舞步，编排了一些新的课程，迫不及待地想要教给我们。

但当他回到他视如生命的练功房，看到的，却只是稀稀拉拉三五个在做热身运动的学生。

“一定是他们圣诞度假还没回来，我们先练起来，等他们回来了让他们看看他们都错过了什么！”他拍着手，让大家都打起精神来。

他的表情很平静，但是我看到他脖子后面抽动的青筋，和他额头上流下的汗水。

“你还好吗？”等所有人都走了，我走过去，在他身后静静地问。

“会好的。”他怎么都不肯回头看我。

第二天，他在学校的网站上写了一大篇感人肺腑的文章，将他如何爱上跳舞，又如何历尽艰辛才拥有了这么一间舞蹈教室的过程都写了出来。他写他多么热爱每一个学生，写他有什么新的演出计划。我看得泪流满面。

来上课的学生多了两三个，但突然，他的手机开始不断响起。

原来是学校的网站被黑客攻击，打不开了。

网站上放着的许多珍贵的演出视频也都找不回来了。

有人看到自己的视频不见了，愤怒地打电话来骂他。

陈露开了自己的舞蹈学校之后，托尼做了她的男助手。

他给陈露的舞蹈教室投了不少钱，并且利用他的关系，接到了替明星排练MV、替时尚杂志拍广告的机会。

他时隔无数周之后又发短信给我，说他在找人替他写广告，知道我很擅长写作，所以想找我试试看，报酬好商量。

我只祝愿他一切顺利。

陈露邀请我去她新开的舞蹈教室看看，我拒绝了。我告诉她我是不愿意面对托尼，虽然我其实是因为舍不得尼古拉斯。

“没关系，我们这里除了托尼，还有很多其他的老师上课，或者你可以上我的私人课，就永远都不会遇到托尼。”她用非常官方的口气对我说，“因为你是尼古拉斯的学生，所以你来的话，第一个季度可以打对折。如果你愿意告诉我尼古拉斯从纽约回来之后教了什么新动作，我可以一年都给你打对折。”

我假装信号不好，挂了电话。

慢慢地，坊间开始有很多传闻，说尼古拉斯要价太高，说他年纪大了跳不动了，甚至有说他比托尼跳得还差的。

陈露的学校却越来越风光，托尼真的是很好的商人，许多报纸或者杂志上都有他们的广告，很多商业活动上也有他们的身影。

尼古拉斯一下子老了很多，他眼睛里的神采一下子没有了，所以大家都看到，原来他不过是一名矮小、精瘦、样貌普通的中年男子。

他上课时常常出神，常常面对空荡荡的空气伸出手，常常脱口而出：“陈露，帮我去拿两个瑜伽垫过来。”

留下来的学生都跟了他很多年，每次看到这样的画面，大家便只有沉默。

他没有请新助手，上课的时候一个人又教男步又教女步，疲于奔命。

课间，他就坐在陈露买来的软凳上。

“她所有的拉丁舞知识都是我教给她的，她为什么要离开我。离开我就算了，为什么要说我跳得还没有托尼好。”他将脸埋在手心里，喃喃自语了一遍又一遍，像一台坏了的留声机。

我看着他的黑眼圈一天比一天深，头顶的头发一天比一天稀疏，内心生出许多柔软的感觉。

每天晚上关门的时候，我都留下来，和他一起清洁地面，抹干净玻璃，把瑜伽垫、沙袋、用来做道具的塑料花分门别类收好。

排练房每到十点都会断电，有的时候过了十点还没有清洁完，便能体会到黑暗突然降临的那个瞬间。

尼古拉斯缓缓走到我的身边，将头埋在我的肩膀里。

他说："我就只有你了，我知道你不爱我，但是，请不要走，请待一会儿。"

我任由他抱着我，任由他内心深处汹涌的感情冲击着我。

半年过去了，因为学生骤减入不敷出，尼古拉斯只好搬去了一间小了很多的练功房。

因为练功房小，所以学生就越发少。他实在请不起助手，一个人教又忙不过来，我自告奋勇做他的助手。

我一直想要做编剧，但因为托尼进了C公司。现在也没什么可留恋的，便顺理成章地辞了职，一半时间教跳舞，一半时间写剧本。

一个学生都没有的时候，尼古拉斯就站在镜子面前，专心构思新的编舞，我则盘腿坐在窗前，潜心写作。

我知道尼古拉斯过得很困难，舞蹈教室每开一个月就亏多一点儿，他已经把这么多年的积蓄都投进去了，甚至还卖掉了他开了很多年的车，但他不说，我也不问。

我代替陈露在六月份的专业拉丁舞比赛和他搭档，我跳得比陈露差很远，所以连四强都没进去，输给了另外几家不太出名的舞蹈学校。

拉丁舞比赛的第一名是陈露和托尼。

我走过去拥抱了脖子上挂着金牌的陈露，托尼在一旁看着我，表情依然那么淡然。

“你还爱他吗？”陈露问。她一直以为我没有去她那里学跳舞，是因为我还爱着托尼。

我摇摇头。

“你说爱情这东西怎么这么奢侈呢？抓不住，得不到，得到了，又维持不住。”沉默了许久，她这么对我说，然后又是长久的沉默。

爱情这东西确实太奢侈了，所以有爱的尼古拉斯如此痛苦，而没有爱的陈露和托尼，事业蒸蒸日上。

尼古拉斯在门口等我，他说我才学了四年拉丁舞，能够在职业比赛中跳到这么好已经很了不起了。

他说：“今天开洋荤，去吃日本料理。”

我说：“好。”

我们肩并肩走在皇后大道上，吹来的风里有秋天的凉意。

“虽然一切都很糟，但起码还是能跳舞。”向来寡言的尼古拉斯突然说了这么一句。

“是啊。”我点点头，“谈感情太累，不如跳舞。”

# 九月

# 独立

# 黑夜恐惧症

安馨走在回家的路上，她住得离中环的办公室不远，是大马路拐进去的小弄堂再拐进去的小巷子里面的一幢旧楼，底层是卖海产和药妆的商店，要走上一层楼才有电梯，电梯门每次打开的时候都“咔哒咔哒”响，让她联想到那些恐怖片。今天，底层海味店的大爷收摊前正好看到她，顺手给了她一些因为受潮卖不出去的花胶。在老年人眼里，漂泊异乡的单身女子，年纪又不小了，真的是很可怜的一种存在。

她在银行工作，白天是光鲜亮丽的金领女郎，拎着限量版的手袋，踩着十厘米的高跟鞋，出入中环写字楼。她的客户中不乏各界名流，她去饭局的时候会喝到几千元一瓶的红酒，她出差的时候住在希尔顿酒店，出门有奔驰接送。

但光鲜背后，能够剩下来并且牢牢被她抓住的，却是那么少，时间越长，留在身边的就越有限，也越发觉得孤单和无力。物质上的满足在一开始非常有吸引力，但追求过一阵子之后，兴趣突然就淡了，毕竟买再多的香奈儿手袋，它们也不会变成孤单寂寞夜里的一个拥抱。

电梯门打开，她回到那不过二十多平方米的小房子里，她一直懒得换更大的房子，因为也没有谁会来住。她把手袋扔在地上，把鞋子踢到角落里，把外套脱下隔空扔到脏衣篮里去，也不用矜持给谁看。

脏衣篮下面压着她藏起来的结婚请帖。

四年前，安馨在毫无名气的保险公司工作，要工作到凌晨，电话要24小时开机，办公室在破败的工业大厦里，要转好几次地铁，睁大眼睛才能找到，接触的客人是为了一毫也要斤斤计较的小市民，老板是腆着大肚子喜欢讲咸湿笑话的中年男子。她二十五岁，硕士毕业，正是满腹雄心壮志的年纪，很多人都说她有才华，什么“聪明绝顶”“判断敏锐”“大有前途”。她特别着急，特别不甘心，每一分每一秒都觉得才华和未来正在十指间流走，她是应该站在金字塔顶端俯瞰众生的那种人，怎么可以在这样的地方碌碌无为。

张毅倒不这么觉得，他是一个没什么野心的人，喜欢画画，喜欢煮饭，喜欢周末去郊外散步，拿着照相机拍拍花花草草。他早就在老家给她买好了婚房，等着她想要安定下来的那一天，等着和她一起回到他们出生的那个江南小城，找份安稳的工作，生个孩子，安稳笃定，享受平凡事物中微小的幸福。

他也没什么钱，在电信公司做普通职员，他原本有机会做一份工资高很多的工作，但因为要常常出差被他拒绝了，他说他要待在香港照顾她。他周末带她去吃米线，把牛肉和虾仁都夹到她的碗里，吃完米线再带她去吃芒果刨冰。看着她吃得狼吞虎咽，他就宠溺地揉乱她的头发。她看到在学校期间不如她的人里面有好些都进了大公司，挫败地一回到家就摔东西，他跟在她后面收拾，他说，别闹了，我来做好吃的。

好在上天眷顾，四处面试，四处托关系之后，她终于得到了现在这份工作，在国际著名的投资银行上班。

她欢天喜地，但张毅却只是敷衍出一个笑容。等到她第一个项目就飞了五个地方，终于回到家的时候，才发现他的脸上连装出来的笑容都没有了。他说："这么累，还是别做了吧，回老家，我爸爸给我们俩都找好了工作。"她失望透顶，说不清楚是因为他的不理解还是终于发现了她与他之间的隔阂，她苦苦支撑着与繁华的世界对抗，她想要证明自己有着卓尔不群的才华，却没曾想到他早已缴械投降。

她的生活已然翻开了崭新的一页，全世界的精彩都在她眼前徐徐展开。她出入之前听也没听说过的高级会所，买她从来没想过可以买得起的名牌衣服，认识她之前只在杂志上见过的各界名流。她的前途一片大好，而他却不幸地，还留在旧世界里，那个安稳却缓慢，看不见光芒的旧世界里。

她终于鼓起勇气对他说："分手吧。"

张毅还没有听她说完就哭了，他没有挽留她，只是静静地一边流着泪一边唱起他为她新写的歌。那是他写好了准备在他们的婚礼上唱的歌。唱着唱着，他突然单膝跪下，拉着她的裙摆，泣不成声地说："安馨，不要走，嫁给我好不好？"他一米八的个子，顶天立地，如今却因为她而这么卑微。他哭着说，你要留在香港，我就把我们结婚的房子卖了，在香港给你买房子。她说："可是我们买不起房子，就算把我们两个都卖了也买不起房子。"她也跪下来，扶着他，最后一次亲吻他，她多么希望他们能在香港买得起房子啊，能够在这个陌生之地站稳脚跟，那么，她也不用做这份工作，更不用离开他。

她给张毅叫了的士，送他回家，又打电话叫他的朋友去陪他。她一个人走到了她新租下的小房子，她看着深夜里自己的影子，觉得陌生，觉得自己不知不觉间就成了连自己都讨厌的人，但被岁月的洪流追着赶着，她竟然也无路可退。

往后的许多夜晚，在她新租下的小屋里，她无法入睡，即使睡着了也常常做梦，她所有的梦境都定格在张毅跪在她身后，痛苦地抱住她的大腿的样子。她尝试着和酒吧遇到的调情者做爱，通过身体内部的撞击来寻找内心的安稳，她尝试使用安眠药，直到她的私人医生拒绝再给她为止。

安馨就这么生活了四年，她的人生简单得像寺庙里的清规戒律，每天加班，应酬，出差，昼夜颠倒，睡不着的时候就一杯一杯喝伏特加，直到累极陷入昏迷般的沉睡。进入她房子的人屈指可数，更不会有人留下来陪她过夜。她几乎没有了时间观念，直到上周突然收到张毅的结婚请帖，日子就在今天。请帖一看就是他亲自设计的，那种笨拙却颇费心思的设计，打开来能看到许多他和他未婚妻的照片。她看到他和未婚妻去土耳其，去坐热气球，去学陶艺做情侣杯子，去海底潜水然后在海豚边比着V字拍照。那些她想要和他做却因为没钱没时间无法成行的事情，他竟然都和另外一个女人做成了，而且看起来是那么的幸福。她想了想，原来分手已经四年，足够他重新去爱上一个人，重新去建立起美满的生活。他曾经说生命里没有了她，就像行尸走肉一般失去了全部意义，只是，当初那个大步向前走连眼泪都没有流的她，却成了被落下的那一个。

她的新生活没有来，她并没有大富大贵，也没有真正出人头地。那些打着领带穿着阿玛尼西装温文尔雅谈论世界经济的男子，他们夸她美丽，想要和她调情，但最终却徘徊在她家门口，从未愿意深入她的生活。他们送昂贵的礼物给她，请她吃法国大餐，但却不会在晚归的夜里什么都不做，就和她并肩躺在床上，按摩她因为穿高跟鞋而酸痛的脚掌。

她在漫长的寂寞深夜里才明白张毅原来就是自己命中注定的爱

人，还有什么比找到了真爱然后又亲手弄丢来得令人绝望呢，甚至绝望过从来没有遇到也从来没有体会过爱的滋味。她逐渐患上了黑夜恐惧症。她再也无法安然入睡，发自内心满心欢喜的感觉也离开了她。

在那些已经过去也还会到来的漫长无边的黑夜里——夏天常常窗外狂风大作，如果冬天的话，还附送香港特有的潮湿和阴冷——她抱着被子，脑海里出现的是张毅的臂弯，他微笑着看着她的样子，别人都当她是女强人，只有他待她如哄一个小女孩。她想着想着，便泪流满面，她哭得声嘶力竭直到打起嗝来，她撕扯自己的头发，嘶吼着捶向墙壁，可惜还是没有机会去捶醒当初固执莽撞的自己。

今天是张毅结婚的日子，她觉得靠自己一个人无论如何都挨不过去，立刻打开手机，在“黑夜恐惧症患者”那一组里，寻觅起合适的对象。

这个快速又冷漠的城市里有无数人都害怕深夜，这个城市的灯红酒绿有多么光鲜，背后的痛苦和遗憾就有多么深刻。他们有的为了金钱而做过亏心事，有的因为忙于工作而没时间恋爱，有的背井离乡只身一人来到这里打拼，有的因为长期透支生命而失去了正常进食和入睡的功能。这个城市有许许多多的酒吧，喧嚣的音乐，狂乱的摇摆，不断被注满的酒杯和年轻酮体的香味是寂寞黑夜的麻醉品，但麻药只能起一时的作用，宿醉或者一夜情之后醒来，面对空荡荡的房间，孤单和寂寞只会百倍地重新席卷而来。于是，便出现了供黑夜恐惧症患者使用的网站，这些内敛的、孤单的、满怀心事、闷闷不乐的人们在这个网站上寻找可以一起共度黑夜的对象。他们定期见面，有的人喜欢倾诉，有的人一起看一部电影，有的人在灯下摆出棋盘对弈，有的人只要相拥而眠，他们从彼此那里得到些许的安慰和陪伴。

安馨在网站的注册资料里写道，她要找一个可以抱着她睡觉的人。她一直想要寻找与张毅相似的胸膛，与张毅相似的臂弯，与张毅相似的味道。她见过好几个人，从来没有找到任何一个人像他，却误打误撞地认识了理查德。他的心中也住着一个人，他从来不说，但是她看得出来。他恰到好处地控制着自己谈话的节奏，神情举止，连细微之处都很到位，一看就是经过了常年的训练。但他自己是怎么想的，他到底有没有感情，她从来都不知道，她只是觉得他心里有一些东西长久地被锁上了。那些寂寞的夜晚，她和他晃动着威士忌中的冰块，他们长久地沉默着，偶尔露出在外人面前不会显露的脆弱神色，她的心中，也会为他的孤单生出些推己及人的感慨。在酒精的作用下，她会给他一个拥抱。

她第一次见理查德的时候，他们相约看电影《了不起的盖茨比》，在电影开场前，她偷偷瞄他，正好对到他湛蓝色的眼睛，硬朗的轮廓，和一头淡金色的卷发。他像是那种夜店里随便走几步就有一大群女孩扑上来要跟他回家的性爱之神，但他坐在那里，浑身都散发出淡淡的悲伤，如同一个透明的罩子，将他与整个城市的喧嚣隔绝开来，也让她的内心不由得柔软起来。

他把手里的爆米花递给她，他说，终于可以一边看电影一边吃爆米花了，一个人来的话，根本不敢买，因为吃不完，散场的时候望着剩下的一半，便会觉得很孤单。

他们定期见面，差不多一个月一次，彼此有默契地保持着既不亲密又不疏远，既可以互相慰藉又不会彼此依赖的关系。见面之后，便一起看电影，一起吃饭，一起喝酒，一起唱卡拉OK，一起去游戏机室里玩电动游戏。几杯酒下肚，他们会顺理成章地接吻，他的嘴唇非常柔软，舌头非常灵活，他们在文华东方酒店的露天酒吧里，在缱绻悠扬的大提琴乐声里，闭上眼睛，享受唇齿间的纠缠。他修长的双手捧着她的脸颊，她的身体微微后仰，浪漫、激烈、专注、投入，就像所有热恋中的情侣一样。

然后他们会去酒店开一间房，再喝一些酒，各自欲言又止然后小心翼翼地谈论一些心事，抱在一起入睡。然后同时醒来，各自换上衣服去上班。

整个过程自然又流畅，但却丝毫不掺杂性欲和爱，她享受着他的陪伴，和他聊天轻松又快乐，因为他睡在她身旁而觉得安心，不再害怕黑夜，不再害怕暴风雨，但她却也不会因此而满心欢喜，仿佛满世界的花朵都同时开放。

他们只在夜晚见面，或者在失眠的凌晨彼此交换短信，但只要太阳一升起，他们就不再联系。他们在日光下各自扮演着需要扮演的角色。

安馨找到了理查德的电话，虽然她不想把自己的脆弱过分暴露在他面前，但还是希望可以在这个特殊的日子得到他的陪伴。没想到，他自己竟然先打来了电话。

电话里的理查德显然是喝醉了，因为他说话的语速比平时快很多，一向的淡定和克制也没有了。

“今晚有没有空？”他问。

“啊？”

“去不去我家？”他又问。

“啊？”

“一小时之后，中环地铁站D出口见。”

“好的。”

“你寂寞吗？”他突然问，大概是酒精融化了他平日筑起的防线，他的声音听起来像头受伤的幼兽。

“我很寂寞。”

她挂上了电话，这是他第一次约她去他家，或许，今晚对他来说，也是一个特别难熬的日子吧。

她到的时候理查德已经在地铁口等她，他看起来还是很清醒，但蓝色的眼睛却浑浊了很多，他的脸蛋微红而发烫，俨然成了这个寒风冷雨之夜的温暖源。

他并没有多说什么，她也没有，只是跟着他上了一辆出租车，又跟着他回到了他家。他很礼貌地为她开门，又和守夜人打招呼，他替两个醉得几乎要跌倒在地板上的少女按下了楼层按钮，然后为她打开了家门。

大概是很久没有来过客人了，袜子和喝了一半的饮料凌乱地出现在不同的角落里。他有些尴尬，忙着收拾东西，她趁机望了望四周，第一眼就看到两个不大的相框。其中一张是他和一个面容温润的女子，女子戴着白色头纱，拿着捧花，他穿着深蓝色的西装，打着相同色系的领带。另一张里，他挽着那个女子的手，许多人簇拥在他们周围，正往他们身上撒着纸屑和彩带。

他望着她的样子，仿佛在望着全世界。他发自内心地微笑着，整个人都熠熠发光。

她见到的理查德，是不带感情的理查德，他对整个世界都兴趣全无，他所扮演出来的兴致勃勃太过精确所以显得虚假。他的感情，他发自内心的笑，他炽热奔放的情绪，全都和这个女子一起不见了。

她默默地移开了视线。这个世界上有太多错过了遗失了淡忘了的爱情，他们在日光下被遗忘，但是当夜晚来临，他们存在过的痕迹便越发清晰，像一声叹息。她不由得流下一滴眼泪。

理查德飞快地把屋子收拾好了，所有东西都放在该在的地方，桌子椅子也一下子干净锃亮了。这是间非常干净整洁又颇有些温馨的屋子，墙壁上贴着些日本卡通或者歌手的海报，墙角有一幅充满稚气笔法生涩的龙猫的水彩画，在明亮的灯光下，安馨觉得自己像是一个擅自闯入的陌生人。

理查德还是像往常那样安然地笑着，虽然他握紧的手指出卖了他。“你来挑看什么电影吧。”他指指影碟机，绅士地做了个“请”的动作。

她挑了一部非常弱智的喜剧片来看，她和他一起笑得前仰后合，但是她总是忍不住去瞄他，那两张照片像是一把钥匙，她忍不住要探求更多他的内心。她正看得出神，他突然也望过来，四目相接，片刻间仿佛已经交换了千言万语。

“很高兴今天你能过来，我打完电话才发现自己唐突了。”他说，又是那种恰到好处的礼貌的语气。

“别这么客气，从某种程度上来说，我们都是一样的人啊。”

“也对，太好了。”他叹息般说道，身体一下放松了，他把头靠在沙发背上，把左手放在了她和他中间。

她愣了一下，把右手放在了他左手的上面。他缓缓地抚摸过她的每一根手指，然后和她十指交握。

他像是试探性地缓缓朝她靠过来，她温柔地抬起手臂搂住他。他总是悲伤和孤单的，只是今天晚上，他的悲伤那么明显，简直要满溢出来。她缓缓地抬起手，梳过他凌乱的卷发，而他则轻轻将头靠在了她的肩膀上。

她想起婚礼请帖上的那些照片，那个陌生的女子，也是像这样靠在张毅的肩膀上。这是四年来，她第一次清晰地感受到了失去，无可救药，无法挽回地失去了。

他的手指开始缓慢爱抚她的身体，从她修长的脖颈开始，慢慢向下，到她的胸部、她的纤腰。他隔着衣服，动作毫不情色，也不急迫，像一部用慢镜头播放着的黑白电影，那么悠远，那么绵长，那么情绪饱满，那么让人无法招架。

安静的夜里，电影的对话声好像被自动屏蔽在外，唯一能听到的就是她擂鼓般的心跳声。

新婚之夜的他，又是怎么爱抚自己的新娘呢？他那拙劣的调情技巧，有没有好一些？

她的身体因为理查德的撩拨而慢慢打开，体温上升，心跳加快，血液冲向脑部，整个人都轻飘飘的。而她的意识仿佛挣脱了她的躯壳，飞到那个江南水乡的小镇，俯视着她曾经和永远的爱人。

理查德在她耳边说："去床上吧。"

不知道是谁先开的头，但他们突然就狂热地吻在一起。她能感觉到理查德一直冷漠的身体变得火热，她自己也被情欲的浪潮包围，她热烈地亲吻他，他也毫不保留地回应，他的手指像有魔力，她身体里隐秘的琴弦发出瑟瑟的回响。粗重的喘息，滚烫的爱抚，热烈的触碰，她能感觉到理查德对她是有感情的，但是，也不像是张毅，理查德的触碰更热烈，更奋不顾身，更歇斯底里，但也更禁忌，更无法见人，更难以言说。她的心跳得像火车一样快，她不知道是应该喊停还是诱导他更进一步，她不知道今晚之后她是会更空虚还是会得到满足，她张开嘴大口呼吸，感觉自己像快要窒息的鱼。

“你不想要的吧？”理查德突然问。

安馨愣了一下，张毅的笑脸立刻浮现在她脑海里，她和张毅的第一晚，是为了庆祝她得到香港的这份工作，他又热情又兴奋，但仍然小心翼翼地问她是不是真的想要。而现在，她的身体很饥渴，但她的心脏却还没有准备好迎接另外一个人。

“我也是。”他说，他手指的动作慢下来，轻轻叹了口气。

“其实，我们可以试一试。”她说，她虽然不爱理查德，但是觉得他很亲近。他已经是她这四年来最亲密的人了。

“可是，即使试过之后，我们还是会一样孤单。你之前不是都只要我抱着你睡觉嘛。睡吧。”他替她拉了拉被子，用手指理顺她凌乱的头发，伸出手环住她，像对待婴儿那样轻轻晃动着她。

“你今天为什么要打给我？”她忍不住问道。他并没有回答她，她只是觉得他搂着她的手臂突然颤动了一下。

就在她觉得他永远都不会告诉她的时候，他突然说："因为，今天是她的忌日。"

"哦。"意外的惨烈的答案，她一时不知道说什么才好。她想起照片上面容平淡却温和贤淑的笑靥，想着那样温暖的笑容已经变得冰冷，她不敢揣测他到底有多么的绝望。

"那时候我们已经离婚了。我答应她辞去工作去日本和她住在一起，但却突然得到了我梦寐以求的升职机会，我跟她说，让我再做三年，攒一些钱，攒一些人脉，然后再去日本，开我自己的公司，到时候就有很多很多自由的时间来陪她了。"

"她不能来香港吗？"

"她父母离婚，母亲卧病在床，需要她照料。"他叹了口气，他慢慢收紧了他的怀抱，他悲伤地轻轻颤抖，她转过身，反过来抱住他。

"她哭着闹着说如果不辞职就离婚，她每天都打好几个电话来，不说话，就在电话那头哭，她把我送给她的东西都摔碎了，我被她逼得紧，反而越发不想去日本，一气之下就离了婚。"他说着说着，声音越来越低，沉默了好一会儿才继续说下去，"离婚之后，我还是很爱她。我一个人在香港，工作越来越忙，赚的钱越来越多，但我看着银行卡里的数字越来越大，心里却越来越不快乐。有的时候，站在IFC的商场里，想吃顿好吃的，或者买点贵的东西，但想着，不是和她一起吃，不是穿给她看，又有什么意义呢。我去酒吧喝酒，只要开一瓶香槟，便会有七八个女人过来，想要坐在我的大腿上，想要讨一杯酒喝，她们在酒吧里来来去去，和我调情，跳舞给我看，但有别人开一瓶酒，她们就又凑过去。我的生命里，还是空空荡荡的，只有她打电话来的时候，我才会觉得又活了过来。说来好笑，只要一听到她的声音，我便忍不住笑起来，整整一天做事都有了精神。可是她突然再也不打电话来，她的Skype头像再也不会亮起来，我等了三个月，终于忍不住飞去日本看她，才知道她上班路上出了车祸。”

他再也说不下去，像个孩子一样蜷缩在她的颈窝里，默默地哭了起来。她轻轻拍着他的后背，柔声哄着他。

安馨醒来的时候，看到太阳穿透云层照射而入，照在龙猫图案的床单上。她联想起客厅里的那幅画，他的前妻一定非常喜欢宫崎骏的卡通，从照片上看来，也一定是非常温柔甜蜜有着许多小心思的女孩。

她蹑手蹑脚地走到客厅里想倒杯水喝，看到两个相框都被收起来了，背面向下安静地躺在桌子上。理查德睡在沙发上，长腿收起来，抱着一个靠垫，睡梦中还不舒服地皱着眉头。

她想要烧些开水的时候，他醒了过来，揉着惺忪的睡眼，从冰箱里拿出一瓶橙汁递给她。她回过头去看他，在阳光下，他的眼睛因为昨晚的哭泣而红肿，下巴上印着靠垫上的花纹。

“谢谢你。”他说。

“不用谢我。”她接过橙汁，拧开瓶盖喝了一口，“在黑夜恐惧症的网站上，我遇到过很多人，也听过很多类似充满了遗憾和错过的故事。”

“你也可以讲你的故事给我听。”

“嗯，其实也没有讲的必要了，我的那个他，昨天结婚了。我因为年少轻狂错过了他，我以为他会一直在那里等我，但你看，他已经转身走了那么远。”

“哦，安馨。”理查德露出非常遗憾的表情。

“嘘。”她伸出食指放在他的唇上，“不要安慰我，抱抱我吧。”

他抱了她很久很久，好像时间停滞了，万事万物停止了移动。她想，如果她和理查德都是没有故事的人，他们就这么遇到了，或许可以好好相爱，好好相处，可以住在一起，可以早晨醒来一起煮咖啡煎鸡蛋卷，然后一起在晨光中走去巴士站，可以夏天的时候去海滩晒太阳，冬天的时候窝在家里的沙发上看肥皂剧看到一起沉沉睡去。他们可能会结婚，然后在三五年之后有了孩子，理查德是那么温柔的人，大约也可以波澜不惊地过一生。

但谁又知道呢，如果没有那些故事，他们也不会懂得去爱，不会懂得如何去给予对方温暖和关怀吧。

那些人，出现在他们的生命中，像天使一样，教会他们成长与爱，他们虽然离开了，但那些温暖的经历本身，就像一件珍贵的礼物。

突然，她下了一个决心，她离开了理查德温暖的怀抱，以及他些许的留恋。

“有没有想过重新开始？”她问他。

“嗯？”他有些迷惑地望向她。

“重新开始，去认识新的人，了解她、接受她、欣赏她、爱护她，和她一起生活。”她望向他的眼睛，“你的前妻教会你的成长与爱，带给你的经验和教训，你应该好好利用而不是在自怨自艾中浪费了。”

她又指了指自己：“我想，我自己也该这么做。”

理查德听了之后，皱着眉头沉思了很久，他说：“让我想一想。”

总不能靠着那个黑夜恐惧症的网站，靠着那些短暂又浅淡的安慰，就这么过完一生。

“好啊。”她收拾好自己的东西，“我要走了，你送我下去吧。”

理查德点点头，拿起了钱包和钥匙。

他们一前一后下了电梯，在通向地铁站的天桥上走着。他们有一搭没一搭地聊着天气，股市，好吃的餐馆，明星的绯闻，像是昨晚从未发生过。

他送她到地铁口，然后冲她挥手，她也挥挥手，转头走进了地铁口，她想要回头望一眼，但终究还是没有。

她有的时候讨厌日光，耀眼的光芒让一切暗淡和沮丧都无处遁形。她想念在没有月光的黑夜里，理查德的手指和怀抱，他给的短暂却也是实打实的温暖，但她也明白，走出黑暗的唯一可能，就是静下来，看清自己的内心，和自己妥协，然后相信阳光终会到来。

她知道，这是理查德和她最后一次见面了，也是她最后一次使用黑暗恐惧症的网站。

那些约会，陪伴，那些肌肤相亲，那些彻夜长谈，那些躺在床上却各怀心事的夜晚，就像迅速起效的麻药，麻痹了她的神经、她的感官，让她可以暂时忘记张毅，却并没有赋予她获得快乐和宁静的能力。

她暂时还不知道如何重新找到爱和生命的意义，但她还是想要试一试。

那一晚之后，她开始看心理医生。每周两次，坐在小房间里，把心事全部倾诉出来。

借助音乐、毛绒玩具、压力球和冗长的叙述，她学会了坦然面对自己过去的错误，承认自己的愚蠢，然后开始展望未来的新生活。

心理医生是温暖的中年人，他永远冲她微笑着。

他说，我明白的，他说，做得很好，他说，会过去的。

他无条件地听她唠叨，替她将混乱的生活整理出头绪来，告诉她，即使犯过错误，她也有拥有真爱的权力。

她还住在那间狭小的房子里，还是恐惧黑暗，但终于有一次，她可以一觉睡到大天亮，没有做梦，没有想起张毅的脸。醒来的时候，她听到了身体内部拔节生长的声音。

她发短信给张毅，她说："我正在忘记你。"

他说："请忘记我吧，祝你幸福。"

她注销了自己在黑夜恐惧症网站上的账号，换上自己最美丽的裙子和高跟鞋，然后昂首挺胸，毫不畏惧地走出门去，走入日光之下。

# 十月

# 懂得

# 我们从不轻易言爱

我去看望因为重感冒而躺在床上的安妮，她穿着厚棉袄，额头上贴着降温贴，枕边堆着凌乱的外卖盒和矿泉水瓶，她烧得两颊通红还在笔记本上十指翻飞地回邮件。“生活真的好辛苦，我也不想抱怨，可是我好希望有人可以抱抱我，然后给我泡一壶热茶。”她睁大布满血丝的眼睛看着我，一边说一边擦着流淌下来的鼻涕。她陷在羽绒被和垫子间显得格外羸弱，我默默地给她泡了壶茶，掰开她的手指把杯子放到她手心里：“再等等吧，他很快就会出现的。”

“你总是这么说。”她不无幽怨地看了我一眼。

初见安妮的时候，我们都是大一新生，都在上一门艰涩难懂的选修课。她是唯一可以在作业里拿满分的学生，我每次都在楼下等她进了教室再上去，然后找机会坐在她身边，在课间抄她的笔记。她在大学里名声传得很开，总是有不同的男生借故围在她周围，或者下了课巴巴地跟在她后面试图和她搭讪。但和她在经济学上的头脑相反，她在恋爱里是一个彻头彻尾的傻瓜，她太容易相信一个人，一旦爱上了就倾尽所有，稍微哄一哄就又回了头，因为她把自己的姿态摆得太低，男人常常并不懂得珍惜，最后头也不回地离她而去。

我和她熟悉起来是工作之后，因为同样无法适应职场里面的尔虞我诈，彼此有种惺惺相惜的感觉。我们常约着一起去看电影、看话剧、喝下午茶，我也有幸认识了她黑西装高跟鞋、所向披靡的女强人外表下住着的小女孩。

她害怕打雷、害怕台风、害怕蟑螂、害怕生病了要一个人去医院排队挂盐水，害怕下班回去打开门面对黑洞洞的房间。

她有的时候半夜打电话给我，说她租的房间里好像有老鼠却又捉不到，央求我去她家帮她。我去了也干不了什么，于是便又是喝酒聊天，看看电影，然后一起沉沉睡去。

我一方面想着要给她介绍一个可靠的男朋友，一方面又想要自私地把她留在我身边，让我来搂着她、保护她，和她一起入睡，一起醒来。

但是用不着我帮忙，她就找到了一个可靠的男朋友。

那是2011年的春天，她从摩洛哥旅行回来的第一天，我约她吃午饭，她还是踩着高跟鞋，穿着黑色西装。但她的眼睛晶晶亮亮，嘴角有止不住的笑意，走路又欢快又雀跃，整个人像早春时候叮咚流淌的泉水。

“那个，我要告诉你一件事。”她咬着手指，露出少女般的娇羞。

“你恋爱了是吧？”我立刻说道。我的内心涌出一丝嫉妒，因为她从未因为我而露出这么欢欣的神情。

“啊，我表现得有那么明显吗？”她有些害羞地用双手捂住脸颊。

她忍不住给我讲胡安的点点滴滴，甚至连他胸毛很长这点都告诉了我。

“停，我知道得已经够多了。”我突然有些不耐烦地说，话才出口已经觉得不妥，立刻补充了一句，“我可不想知道我最好的朋友用什么姿势做爱。”

她假装生气地一跺脚。

她脸上的甜蜜和娇羞，让我对胡安又羡慕又嫉妒。他是当地的一名街头画家，在桥边替她画了一幅肖像画，他把电话号码偷偷写在那幅画的后面，她在深夜的时候想起了他的笑容，试探性地发短信过去，从此便一发不可收拾。他并没有费什么工夫，就得到了她全部的爱。

她一边吃着意大利面一边回着胡安的短信，我已经吃完了，她面前的还几乎一动没动。她一边说着不好意思，一边又忍不住拿起手机，飞快地打几个字发出去。

“有另外一个人在我的生命中的感觉真奇妙啊。”她这么说。

我点点头，想起那个存在于我生命中的人。

那个下午，我回到办公室，恹恹地坐了好一会儿，同事纷纷让我回去休息。我并没有生病，只是因为生命里最重要的东西失去了，所以对生活本身也失去了热忱。

安妮和胡安的恋情发展得如火箭般迅速。

她每个月光电话费就要花去三四千块钱，因为胡安的画一直卖得不好，她也顺便负担了胡安的电话费，每个月都几经周折汇钱给他。

她忍不住思念飞去摩洛哥看他，老板不肯放她假。她找我帮忙，让我冒充她老家的亲戚，写信给她的老板，说她的爷爷病重在床，想见孙女最后一面。

她为了感谢我，在摩洛哥的时候发了好多甜蜜的照片给我看，说她从未被人这么温柔对待过，希望我为她高兴。

她爬山的时候摔了一跤，胡安立刻跪下来，替她在伤口上吹气，又背着她爬了足足三小时。

他带她去见他画画的朋友，他们手把手教她画花草、画飞鸟，她画得一塌糊涂。他拿起画笔，这里添几笔，那里添几笔，画里面的鸢尾花竟然变得栩栩如生。

他们去野营，她枕在他的胸膛上，他的手臂环抱着她，帐篷外面夜虫在鸣叫，还有鸟儿的歌声。她听着他的心跳沉沉睡去，早晨醒来，看见他正用一个小酒精灯烧开水给她泡茶。

他们在海边捡拾贝壳，她临走那一晚，他一夜没睡，给她做了各种各样的贝壳项链，贝壳手链，贝壳耳环，再为她釉上不同的颜色。

我一边走一边看照片，突然一个没站稳，跌坐在马路上，扭到了脚。我想起她每次都笑话我穿不好高跟鞋。

安妮是节省的人，有一天却突然跑来问我借一万块钱，说要买单反相机。她从小家境就不好，说要买单反相机已经说了两年，但从来都没舍得买。这一次却带我去商店里看了颇为昂贵的款式。

“我最近付了机票又要负担胡安的电话费，实在没什么钱了，等我发了年终奖再还给你好不好？”

我从来不会拒绝安妮的要求，立刻拿出信用卡付了钱，跟她说想什么时候还我都可以。但是我看到她让营业员拿礼物盒包好，再写上祝福卡片的时候，才明白这个单反相机是买给胡安的。

“他说卖画生意不太好，他看到别人在景区给游客拍照很赚钱，他就也想买个相机试试看干这个。”

我停着，良久不语。安妮也慌了，急忙来拉我的手，她说，会想办法立刻还钱给我。

“并不是钱的问题……”我说了一半就说不下去了，我在眼泪流出前装作擤鼻涕，掩住了脸。我对于安妮有种强烈而复杂的感情，但是我不能让她知道。

“你觉得他值得你这样为他付出吗？”我提醒她。除去我不可告人的私心外，我也知道她每次恋爱都过分投入，结果每次都输得一败涂地。

她给我看她手机里的照片，照片里是一个个拆开的邮包，邮包里面有许多胡安画的她的肖像，有更多的贝壳项链，有胡安获了一个当地的小小的奖收到的一个小小的奖杯。

“他或许条件不怎么好，但他竭尽所能地在爱我，我也在竭尽所能地爱着他。”

胡安无论按照什么标准来看都不是理想的伴侣：没有学历、没有工作、没有钱、没有见识。安妮也不是没有动摇过，她来我公司楼下见我，喃喃地说：“怎么办，怎么办，这太难了。”她的父母反对，胡安因为签证问题一直不能来看她，她的工作越来越忙越来越难请假。

我看到她掉眼泪，忍不住捧着她的脸替她拭去眼泪。

“算了吧。”我说。

“可是我没办法停止爱他。”她茫然失措地说。

我只能叹气，望着她，良久不语。

她每次说要分手，每次趴在我肩上哭，在我面前扯下胡安送给她的贝壳项链，但每次都与他和好如初。

爱情似乎无所不能，可以战胜任何世俗的事物。

而我和她，再也没有一起跳过舞、爬过山、游过泳。

2013年初，她约我出来，握着我的手，看着我的眼睛，她说：“我们都有各自的生活了，但是你还是会像之前那样支持我的对吗？”

“对的。”我点点头。我知道我和她是没有可能的，所以可以留在她身边，已经是对我莫大的恩赐了。

她说，她要和胡安结婚了，结婚之后，胡安便可以拿到签证在香港居住，他们就不用隔着半个地球的距离了。因为胡安只会画画，安妮记得我有许多写作拍广告办杂志的朋友，便让我帮她去问问有没有工作机会可以给胡安。

“胡安英语也讲不好，中文更是一点儿都不会，没有上过大学，没有工作经历，也没有什么有影响力的作品，你说有哪家杂志社会聘用他。”我不知不觉就提高了嗓门。

“好的，我知道了。”她放开我的手，去前台结了账，头也不回地就走了。

我一个人坐在露天的咖啡馆里，一月底，冬意甚浓，北风萧瑟。侍应过来给我续了些热水，我想起好几年前，我在这家咖啡馆写着我以为永远都不会发表的小说，安妮在一旁替我查着各家杂志的投稿信息。那是什么时候的事了呢？我拿出手机，开始一个个拜托我的朋友们。

过了三天，安妮发来短信说对不起，说如果我还拿她当朋友，请务必帮帮她和胡安。

她说，她想胡安的时候，就抱着一件他穿过的大棉袄，闻着他的味道，哭着入睡。

她说，就算胡安找不到工作，她养他，她也要他来香港，每天早晨在他身边醒来，每天晚上开门进屋就能看到他作画的背影。

我说："好的，我已经托了几个朋友，等胡安来了香港，就让他去面试。"

五月一日我约了安妮喝下午茶。第二天，胡安就要去伊斯坦布尔的旅行社买飞来香港的机票，去邮局寄出行李，再去政府办理结婚的相关资料。世事在飞速运转，就如同头顶有一大群白鸽呼啦啦地飞过。

虽然并不是我要结婚，但我却紧张得浑身发抖，手里拿着的蓝莓慕斯啪地掉在桌子底下。

我见过安妮最脆弱最无助最悲惨的一面，并且自以为是她生命中无可替代的人。但这些事情以后都与我无关了。下一个雨季来临，台风刮过窗框的时候，她会躺在胡安的怀里，静谧、安宁。

"没事的，我已经想清楚了，你要相信我。"她说话时的表情决绝得像就要上战场的刚毅的女战士，我险些流下泪来，咬紧牙关才忍住了。

戴着白手套的侍者送上暖热的司康饼，我们各自涂上奶油和果酱，吃一口再喝一口印度产的薄荷茶。

"之后可能就没钱吃这么好吃的东西了。"安妮举起白瓷茶杯，和我的碰了一下。因为胡安要来，她刚刚搬到上环的一套一室一厅的公寓里，每个月的租金就要一万五。她原本可以不用住在这么昂贵的地段，但她说，那里有很多咖啡馆、工作室、展览馆，很多艺术家都在这附近开画廊，她说，胡安刚来，住在这里可以帮助他认识香港的艺术家。

她还在帮胡安查中文学习班的资料，又到处询问香港哪里可以买到各种各样的绘画用品。

“真的不会后悔吗？”我放下茶杯问她，“或许以后会有更好的男人，不用你养活他，不用你照顾他，不用你花这么多钱这么多精力，而是把世界上最好的都摆在你面前。”

安妮转过头去，靠在窗前，我看不清楚她的神情，只看到胡安给她做的那对耳环。我听到她说：“我不知道将来会如何，不知道爱情会带我走向何方，但我知道，如果错过了他，我会后悔一辈子，而今后无论我还会遇到谁，都不会是这个教会我爱的人了。”

说起来容易，胡安最后还是颇费了一番周折才来到香港。一会儿是他的母亲生病，一会儿是暑假机票价格飞涨，安妮每天忽喜忽忧，觉也睡不好。有的时候她突然跑到我家来，我给她切一盘水果沙拉，给她泡一壶茶，握着她的手，让她慢慢平静下来。

“你这么好，一定很快也会找到配得上你的爱人。要不，我把我们公司新来的男经理介绍给你，他挺帅的，对人也好。”她这么说。

我笑了笑："我现在还不想恋爱。"

胡安来的时候已经是十一月了，我在朋友圈里看到她和胡安的合影，他们相拥在我陪安妮去挑的大床上，对着镜头大笑着。

我没有去安妮为迎接胡安办的派对，安妮打电话给我，我说我生病了。我听起来鼻音很重，她以为我病得严重，立刻抱歉地说她要陪胡安买一些生活用品，不能来照顾我。

她不知道我的鼻音是因为嫉妒和羡慕而哭了一整晚的结果。

我静静地坐在黑暗的房间里，感觉安妮真的已经离开了我的生活。

她后来邀请我去她和胡安的新家做客，邀请我和他们两个一起去海边野餐，我都推托了。她选择离开我，我亦无法假装什么都没有发生，依旧嘻嘻哈哈地站在她身边。

我甚至屏蔽了她的朋友圈，看到她越幸福，我就越嫉妒，我整夜整夜无法入睡，甚至出现了幻觉。我幻想她走到我的窗前，握住我的手，幻想着她把我抱在怀中，说还是喜欢我。

我没有办法工作，没有办法写作，只能去看了心理医生。

我的心理医生钟国说："你爱上了一个不该爱的人，这是没有办法的事情。"

但是我仍然会在安妮和胡安吵架的时候听她在电话那头哭泣，听她抱怨为什么光有爱也是不够的。

我听到她说胡安非要买昂贵的画笔和画布，害得她连去上舞蹈课的钱都没有了。

我听到她说胡安骨子里的大男子主义，每次争执都要她放下面子伏低做小以求和好。

我听到她说突然对胡安滔滔不绝的艺术啊理想啊感到厌烦了，他什么成绩都没做出来，还不如去建筑工地上做，好歹能赚一些钱。

我听到她说，文化差异，经济负担，她父母的坚决反对让这段感情伤痕累累。很多事情都能成为导火索，有时候在饭店点一个菜，或者买一块新的窗帘，就会引发一场激烈的争执，一股脑儿把之前所有的不满和伤痛都倾泻出来。

“那你为什么还和他在一起？”我忍不住问。

“因为我爱他，每次吵完架，他爬上床抱紧我的时候，我都觉得安稳又踏实。生活里想要的东西太多，但能把握住的是那么少。我只想要有人紧紧抱住我，不需要言语，不需要大道理，甚至不需要考虑明天会不会有太阳。”

我想要对她说，我也可以抱紧你啊，你想要说话就陪你说话，你不想要说话，就陪你静默。但是我听着听筒里传来的嘟嘟声，原来终究还是没办法说出口。

我和安妮的关系终究还是慢慢生分了。我接了很多稿约，又去福利院做义工。钟国说，只要努力过好自己的生活，总有一天会忘记她的。我想告诉钟国其实我不想忘记安妮，但是看到他严厉的表情，我还是把话咽了回去。

我不再去兰桂坊喝酒，不再去海边野餐，不再窝在家里煮着火锅看电影。所有和安妮一起做过的事情我都没有再碰，而是像苦行僧那样，拼命工作，拼命写作，每周去做三次瑜伽，每天晚上都听着古典音乐冥想。

我努力做到不流泪、不抱怨、不怀念、不想念。事到如今，并不是我的错，也不是安妮的错，安妮是我生命中的一次劫难。就像那些渣男也是安妮生命中的劫难一样。

但今年夏天的一个晚上，安妮突然打电话给我，劈头盖脸就问，能不能住在我那里。

我铺好了床，翻箱倒柜找出了几张安妮喜欢看的影碟，出去买了些啤酒和熟菜，回来的时候发现安妮已经在我的门口等着，还像以前那样一见到我就来挽我的胳膊。她打开啤酒，盘腿坐在我的沙发上啃鸡爪，我们聊天，谈论过去的朋友，各自的工作，刚上映的电影，笑成一团。

“我和胡安分手了。”她突然冒出这么一句。

“什么？”我听了一惊，酒也醒了。

胡安在香港找不到任何工作，安妮怕他无聊，又内疚于工作太忙没有足够的时间陪他，便替他报名参加了一个摄影俱乐部，每个周末的时候都有活动，有的时候去海边，有的时候去山顶，有的时候去广州啊、桂林啊，拍拍山水人物，再一起吃吃饭喝喝酒。

摄影小组里也有一个来自摩洛哥的女子，胡安常去她家，一起做些摩洛哥的食物，或者与她相约一起去清真寺。安妮知道他爱着自己，所以从来没有怀疑过他。

直到有一天她在他的电脑里发现了那名女子的裸照。

如果没有安妮给他钱买单反相机，如果没有安妮给他报名，他便不会参加这个摄影俱乐部，不会认识这个金发女郎。安妮对他的毫无保留的爱，竟然成了他伤害她的武器。

安妮坐在我面前，喝了一杯酒，又喝了一杯。她静静地坐了很久很久，终于说："不过是又遇到了一个渣男。"

我忍不住把她抱在怀里，把钟国说的，要避免和她有任何亲密接触的告诫抛在脑后。

"没关系的，我已经好了，也不再爱他了。"反倒是安妮来安慰我，她轻轻抚摸我的头发，我为这久违的触摸而战栗不已。

"真的不爱了吗？"我好奇地问。

"嗯。"她点点头，"因为所有的努力都做过了，反而可以毫无遗憾地放下。就在某一个瞬间，施在我身上的爱情魔法突然解开了，不再心跳不已，不再急速分泌多巴胺，不再违背理智做出疯狂的事情。我现在回头再看，简直不敢相信自己竟然不求回报地付出了那么多，爱了那么久。"

“这样一个时刻，到底怎样才会到来？”

“突然就不再爱了，就像你突然爱上一个人一样。突然地就像关上电灯的开关，所有的情感一下子褪去，所有的牵扯也在一瞬间被剪断。”

她说这些的时候，我和她挤在我那张小小的床上，她的胸脯贴着我的后背，我们刚喝完酒、唱完歌、吃完番薯糖水。

“那你现在过得好吗？”我问她。

“挺好的，因为不爱他了，所以觉得异常轻松，不再需要把另外一个人的衣食起居放在心上，不再因为他的一举一动而哭哭笑笑，陷在爱情里面的时候毫无头绪，现在却觉得豁然开朗。”她轻轻地说。

“即使没有他的拥抱和亲吻也没关系吗？”

“没关系，说实话，你的怀抱也很温暖呢，除了瘦一点。”她嘻嘻哈哈地说，伸出手来搂住我，那一瞬间，我恍若隔世，像是回到了她认识胡安之前。

“等夏天过完之后，我们一起去韩国旅游吧。”她说。我们很早就说过要一起去韩国旅游，但她认识胡安之后，便再也没有多余的时间给我。她将我搂得更紧了一些，撒娇般摇晃着我，“好不好啊，九月份的机票很便宜呢。”

“可是我最近比较忙。”我咬紧牙关，慢慢地，一字一句地说道，一边说一边掐着自己的手腕，提醒自己千万不能再答应她了。离开她的路这么漫长，我举步维艰，每走一步都恨不得转身奔回到她的身边，抱着她、安慰她、照顾她，但是我真的不得不开始属于我的生活，去寻找对等的可以得到回应的爱情了。

夜很深了，安妮静静地躺在我身后，我感受着她的胸脯随着呼吸微微起伏，如果爱情真的是如此倏忽而至又倏忽消逝，如果所有的山盟海誓真的都抵不过时间的话，那么，也必然会有一天，我不再爱着安妮了。到时候，我便也能过上像她现在这般、无忧无虑、无牵无挂的自由生活。

# 十一月

## 信任

# 无法辜负的爱

暮色四合，陈露从舞蹈教室走回家，边走边专注地听着耳机中的音乐，希望可以从中选出一两首用在下周的课上。日头已经缓缓落下，电车声巴士声叽叽喳喳的话语声慢慢生长起来，她走进菜市场，买了一打鸡蛋、一斤番茄、两个土豆、一点牛肉，准备晚上熬一锅罗宋汤吃。

单身女人的生活总是很简单而缓慢，更何况她活到三十七岁还孑然一人。但是今天她的生活有了一点小小的不同，她手里拎着一个精致的盒子，里面是四个马卡龙。尼克在下课的时候磨磨蹭蹭不肯走，她问了好几次他才把这个盒子交给她。

“我来上课前正好经过这里，买了很多，这些给你。”他还是第一次和她说话这么害羞。

她知道这是个最近一直做广告的法国人开的高档甜品店，和舞蹈教室完全是两个方向。

陈露已经一个人生活十年了，她不止一次地觉得挨不下去了。累得瘫倒在地上，衣服不换，妆不卸，想着就这么睡过去死了也好。但第二天太阳照常升起，窗外卖早点的摊子一个个撑开了，糯米鸡和烧卖的味道飘到房间里，学生打电话来问她什么时候有空想要加一堂爵士舞课。日子并不会体谅你自身的软弱，唯有咬紧牙关坚持下去。遇到什么人一起分担的想法一开始很强烈，但失望了很多次之后，也淡了。

十年前的今天，她和黄杨分手。黄杨对她说的最后两句话，一句是“我恨你”，一句是“你把我毁了”。

她认识黄杨是大学第一年，他追她追得热烈，每次她练舞，他都在外面等着，拿着花束、拿着气球、拿着礼物。所有的人都撺掇她和他在一起，说他这么爱她，说她一定会幸福的，她也在一次醉酒之后，糊里糊涂就拉了他的手，吻了他的嘴唇。

但是她从来没有爱过他，只是给自己贴上了一个“黄杨的女朋友”的标签，看到别人拍拖都黏在一起，她也去黄杨的宿舍陪他打游戏；看到别人拍拖都心心念念的，她也每天打电话给他；看到别人拍拖几年都见了家长，她也陪他回去看望二老，临上飞机前还买了两瓶白酒、两条香烟。他出差的日子是她最开心的，她每天和不同的闺密去逛街、看电影、喝下午茶，好像做黄杨的女朋友和七点半起床上班一样都是迫不得已的事情。

和他在一起的七年，她看了很多关于日久生情的故事，她满心期待着有一天，她早晨醒来看到他的脸，突然就能在心里生出柔软的爱。

他们从大学一直拍拖到工作，她连吵架的兴趣都提不起来，所以一直相敬如宾。两个人工作都稳定了，两家家长都见过了，婚房也买好了，等房子装修好就办婚礼。她突然有一个月没有来月经，黄杨欣喜若狂地说要是有了就生下来。她听到这句话犹如晴天霹雳，仿佛逃离他的最后一道门也关上了。

她当时唯一的念头就是哪怕怀了孕也要打掉孩子然后逃离他，她一想到今后几十年都要和黄杨睡在一张床上照顾着他们的孩子就满心绝望。幸好她没有怀孕，只是因为婚礼将近的紧张导致的内分泌紊乱。

她终于对黄杨说了分手，她不想和一个她不爱的人结婚，因为她不想一辈子都不知道什么是爱。她的心里有欲望、有希冀，她还长着翅膀，她没办法就这么安定下来。

“过日子就好了，爱有什么用呢，能当饭吃吗？”所有人都这么说，她妈妈要带她去看精神科，说女儿读书读多了，变傻了。

老家的人都指指点点的，有的说她鬼迷心窍了，有的说她一定在外面偷了汉子。黄杨对她的好是有目共睹的，所以相对的，她就是一个蛇蝎心肠的坏女人，伤了黄杨的心。她自己压力也很大，每晚做噩梦，梦到分手的时候黄杨愤怒的泪脸。她想难道追求爱情也是一件不可饶恕的事情吗？

这时候正好有一个去美国学跳舞的机会，她毅然就去了，二十七岁不再年轻的时候第一次背井离乡就走了那么远。她在百老汇做群舞演员，她在报纸摊和中餐馆打两份不同的工，她舞鞋跳坏了自己补一补继续穿。终于慢慢有了些名气，她经人介绍来到香港，从给别人教课开始，花了五年攒钱自己开了一家小小的舞蹈学校。

她偶尔会回家看望母亲，但她从来不去同学聚会，也很少上街，生怕遇到黄杨。她生怕他问她有没有找到爱。她没有，在纽约没有，在香港也没有，跳舞的时候没有，去酒吧喝酒玩乐的时候也没有。也有人来到她的身边，但总是不长久，他们倏忽出现然后骤然离去，她慢慢可以一个人扛下所有。但她依然希望在有生之年明白什么是爱，明白心脏为了另一个人而跳动是什么感觉。

陈露郑重地打开了蛋糕盒。四颗小巧精致的马卡龙中间是一张字条，上面写着："亲爱的露，我第一眼看到你的时候就被你吸引，你跳舞的时候是那么轻盈好看，你安排课程的时候是那么专注动人。无论我遇到多么难过的事情，只要看到你对我笑，我就觉得我拥有了全世界。我只是想告诉你，我爱你，非常爱你，希望得到你的回应。"

终于又有人把"爱"字放在她面前了。她细细一想，才发现原来尼克已经像一株藤蔓植物那样，慢慢长在了她的生命里，她几乎每天都见到他，和他说话，给他发短信，看到什么好玩的事情第一反应就是拍下来和他分享。她要搬家，舞蹈教室要装修，他永远在那里，哪怕帮不上什么忙，也笑嘻嘻地站在她身边。她常常在想尼克在干什么，心里像长出了一个小钩子，尼克的一举一动都钩着心连着肺。

若他不是比她小了十一岁，她可能会幻想一下和他结婚然后共度余生的样子。但这么年轻的人又怎么能知道什么是爱呢，他可能今天写给她明天就写给另一个人，他可能很快就会遇到一个年轻般配的女子。他的人生要长得多，也会遇到更多的人，她不过是其中匆匆的过客罢了。她看信看得又心旌荡漾又满怀惆怅，眼眶渐渐湿了，干脆去厨房拿了瓶红酒，一醉方休。

第二天临出门，陈露站在玄关，想了很久，把一向束起来的头发放了下来，又去换了件年轻时候穿的练功服，紫色的吊带衫，胸前有坠质花边，露出她平坦的小腹和马甲线，又戴了一对钻石耳环。

尼克照例很早就到了，一见到她就嬉皮笑脸地迎上来，在她左右脸颊各亲了一下。

“湾仔新开了一家咖啡馆，店主是法国人，是我老板的朋友，装潢和食材全来自巴黎，也有露天的开满鲜花的桌子，哪天我带你去。”

“等我有空儿吧。”她耸耸肩。自从自己开了舞蹈房，就一天都没有休息过，因为每休息一天都是钱，她要钱交租金，要钱交水电费，要钱吃饭和请清洁阿姨。她偶尔几次去酒吧或者餐厅吃饭，都是尼克和他一帮朋友叫的。他们七手八脚帮她把器械收起来，把地板拖干净，然后再半推半拉地把她赶出教室。他们轮流给她敬酒，让她点喜欢吃的菜，有两次她喝醉了，第二天醒来都在自己的床上，衣服整整齐齐地穿着，手机已经充上了电，水壶里有开水。

“要是我可以帮你分担一些生活的难处就好了。”尼克突然说。

一天的课终于结束了，她笑着把学生们送出门外，尼克拍拍她的背，让她帮他压腿。他是男生，又实在没有什么跳舞天赋，每一个动作都是陈露课后手把手教会的。

压着压着，他脸埋在垫子里，突然问：“马卡龙好吃吗？”

“我最近牙疼，不能吃甜，就送给邻居家的孩子了。”这个是陈露早就想好的回答。

尼克“唔”了一声，他埋在垫子里，也不动，也不起来。陈露缓缓地收回了压在他后背的手。

尼克压完腿，也不换衣服、不换鞋，直接背了包就走了。她看着窗外香港的夜色，虽然不下雨了，但还是很潮湿，乌云密布，月光都非常黯淡。

那封信的内容又浮上了脑海，她仿佛看到了他写信的时候抿着嘴唇的样子。他是全新的，笑容洒脱美好，带着早春的气息。她生意最不好的时候，尼克买了最贵的年票，又把他所有熟悉不熟悉的朋友同事都叫来她这里学跳舞。他每次都最早到，最晚走，和她有一搭没一搭地说话，她有的时候很倦，他就一个接一个说着不好笑的笑话。

他是法国人，平时没事就喜欢搂她的肩膀，拉她的手，亲她的脸颊，他说这是法国的传统文化。她从来没考究过，但却也喜欢被他这么拉着。

但她看完信之后，今天上课的时候再拉着他的手，就好像发生了微妙的化学变化。

他的气息扑面而来，他不退不让地望着她。他真的是个好看的男子，挺拔硬朗，眼睛是深蓝色的，睫毛又卷又密。

她不敢动，生怕自己一张嘴就吻了上去，或者身体一软跌在他的怀里。

正好音乐也停了，她立刻收回了手去换CD，一路上还差点儿左脚绊到了右脚。

她的心脏因为想着尼克而跳得越来越快，不知不觉已经起了一胳膊的鸡皮疙瘩。她想，她一生中如果有机会遇到爱，就一定在此刻。她如果要把自己的心交给谁，也一定是尼克。她想着如果和他谈恋爱的话，一定会比和黄杨在一起更轻松快乐。只是她偏偏已经成了三十七岁的老太婆，而尼克还是二十六岁的少年郎。她只会越来越老：皮肤松弛，色斑显现，皱纹爬上脸颊。而他会奔向他最好的年纪，五官分明，西装笔挺，肩膀越来越有担当。他总有一天会离开她去寻找更适合更年轻的女子的。他们在遇见的那一刹那就注定会错过。

陈露昏昏沉沉地回到了家，她也不开灯，一个人在黑暗里坐了很久，觉得有水滴的声音才发现自己已经流了一脸泪。她去洗手间，开了灯看着自己红红的泪眼。她和黄杨分手的时候众叛亲离，即便是那样，她也一滴眼泪都没有掉。

她胡乱套上T恤，想要出门买些吃的，一打开铁闸就看到尼克站在门口。

“你怎么知道我住在这里？”她惊得跳起来，又觉得自己好像反应过激了。

“有一天你喝醉了我送你回去，你在的士上说的。”他始终站在暗影里，脸上的表情明明灭灭，看不清楚。

“哦。”她胸腔里满满的都是话语，但却怎么也挑选不出适当的那一句，唯有沉默。

“我刚才跟了你回家。”尼克说。

“哦。”

“我发现你哭了，我看到你的肩膀微微起伏，你的脸上有泪光。”他继续说，声音深深传入她的身体里去。

“我一直觉得你是爱我的，所以才写了那封信。”他仔仔细细解释给她听，“我也是爱你的，我不说什么爱你一辈子的承诺，因为我知道人生难料，但我很肯定我此时此刻是爱你的，我这一生，从未如此肯定过。”

她终于仰起脸来，看着他的脸，他小心翼翼，眉间的纹路显示出他的紧张。黑暗里他的心跳是那么大声，她知道他是认真的了。

她张开嘴，还不知道说什么，就感受到了他的唇。

火热的滚烫的男人的唇，湿润的柔软的男人的舌头，他在她的口中攻城略地，仔仔细细舔过她的嘴角，她的牙齿。她这回真的瘫软在他的怀里，什么也不能想，只能体会到爱。

他们之间很快就变得亲昵，陈露觉得自己在爱中拔节成长起来。她学会了思念一个人，牵挂一个人，爱一个人，照顾一个人。她学会了慢慢磨平自己的棱角，打开自己的内心，让另外一个人住进来。也学会了让别人分担生活的重担，学会了体会平凡生活的快乐。

她将自己的生命和他相连，也迎接了他蓬勃茂盛的年轻的生命。有的时候，她在浴室里看着自己的脸，觉得好像有种雀跃的光辉，让她不由得就扬起手臂跳起舞来。

她在舞蹈教室里从来不对他有任何超越师生关系的亲昵，但每一次她看着他踮脚、跳跃，每一次走近他身边，闻到他身上的少年气息，每一次她拉着他的手做示范，她都觉得浑身发热，止不住去想这么个年轻好看勤奋努力的男子，他昨天晚上将她环在臂弯内，亲吻着她的手指和肩胛骨，像朝拜一件艺术品；他一遍遍唤着她的名字，仿佛没有她就没有这个世界。这是一件多么奇妙的事情，她内心深处的每一个声音都得到了回应，如果这个世界上有神迹大抵也不过如此——她爱的人碰巧也深爱着她。

因为害羞，她和他上街从来不像少年那样搂搂抱抱，打打闹闹，他总是走在她外侧，有的时候他们一前一后地走着。但她累了热了渴了他都知道，她一出汗，他的手帕已经递过来，她肚子一饿，他已经去7-11（便利店）买了鱼蛋和烧卖来。

还是有很多目光带着批判直直地看过来。她觉得自己身上的色斑和皱纹在那些目光下都无处遁形，让她明白自己配不上这么年轻好看的男子。

他们去酒吧，总有女子过来撩拨尼克，她们带着轻蔑的目光看着握着他的手的她。

陈露每过一天就在日历上划去一天，她想尼克还爱着我的日子又少了一天了。

虽然从不奢望太多，但她慢慢就和尼克约会了一个月、三个月、一年。慢慢地越来越多的人也知道了。舞蹈教室里每一个人都走来跟她说她变得更开心了。她开始展露出发自内心的笑容；她开始放纵自己去享受生活；她迷上了年轻人的电动游戏，会一边喝啤酒吃薯片一边看肥皂剧；她也不知不觉习惯了在街上挽他的手臂。她的生活并没有发生翻天覆地的变化，而是充满了温馨的小事，就像他时不时送给她的小礼物或者水果糖一样，让她不知不觉活得快活宁静。

直到有一天他接到巴黎家中的来电，他奶奶病重，要他回去陪伴最后的几天。

他像头受伤的羊羔，坐在她的床边，她煮了些芒果西米露，希望可以安慰到他。

“我奶奶最疼我，我小时候爸爸妈妈在尼斯工作，他们忙到连打电话给我的时间都没有，身边只有奶奶照顾我。”

“我说我要来香港的时候奶奶很兴奋，她一辈子都没有走过那么远，但她已经病了，不能长途旅行。她说，要不你给我找个香港媳妇回来吧。”

“我奶奶最会做衣服，荷叶边的，大开领的，裙摆摇曳开来像美人鱼尾的，她都会做，她要教我，我死也不学，她说等我生了女儿就教给我女儿。”

“媳妇”和“女儿”这两个字触痛了陈露，她微微颤了颤，咬着下唇，把嘴唇咬出血来了才稳住。

他应该找一个和他年龄相仿可以很快结婚然后生很多孩子的姑娘，而不是和自己这个也不知道生不生得出孩子的老女人混在一起。

她这么想。

她去瞄了眼日历，她的好日子就要到头了。

尼克要赶第二天早晨八点的飞机去巴黎，那一晚，她要了他一次又一次，直到两个人谁也没力气动了。她紧紧地把他箍在怀里，深深地呼吸着有他的空气。

尼克被吓到了，他被勒得很痛，但也没有推开她。

“又不是生离死别，我最多一个月就回来了。要是我一个月还回不来，你就来巴黎看我，好不好？”他说。

她在他怀里默默点了点头，无声地说了一句“再见”。

香港是冬天，悉尼却是夏天。天空蓝得明晃晃的，每一朵云都有漂亮的形状。陈露每天晒着太阳走去现代舞大师奥利弗的班里上课，仔细研究脚尖的弧度，手指的开合。

她让自己忙得不可开交，张开每一个毛孔去学习新的知识，但她脑海中不停闪过尼克的脸。她忍不住去想，他回到香港，发现舞蹈教室已经是铁将军把门的时候，会不会流下一滴眼泪。

她不想再耽误尼克，便一个人离开了香港。她怕尼克提前回来，所以走得匆忙，只来得及在舞蹈教室门口贴了张告示。

她在飞机上哭了一路，她觉得把这辈子和下辈子的眼泪都掉光了。但她已经不是二十七岁了，世情的艰难让她明白她和他是没有未来的。

她常常想起他，念着他的名字会让她觉得温暖和有光亮，她会在生命里一直留一个位置给这个教会她爱的人，不管他在不在身边，不管她还有没有机会见到他。

她是因为太爱他所以才要离开他。

她想，他也会哭吧，但他哭过之后，还是会遇到很多人，他会爱上别人，也会为别人哭，他会为别人去学个画画或者插花什么的，他会把别人抱在怀里，进入别人的身体。她只会成为他心头一个小小的浅浅的伤疤，很多年后看到，连最初是怎么受伤的都想不起来了。

她走着走着就到了家门口，她租住在一间非常狭小的阁楼。

她觉得有谁跟着她，但每次一回头，人就不见了。她继续走，又觉得有种熟悉的感觉。

她突然想起了这种味道来自于哪里。

那是去年尼克生日她送给他的古龙水，她专门去学了之后自己配的，全世界独一无二的味道。

她愣在那里，不敢前进，也不敢回头，她用双手掩住嘴，从小声啜泣到忍不住痛哭起来。

“你哭成这样，我也不好怪你什么了。”

她被拥入一个熟悉的怀抱。她哭得越发厉害了，捶着他的胸膛，眼泪鼻涕都蹭在他的衬衫上。

他将她拉开，但死死握着她的手：“我一查到你在悉尼就飞过来了，我可没带备用衬衫。”

她在奥利弗那里的课还没有上完，尼克就留下来陪她。

他买了拖鞋睡袍，买了毛巾牙刷，买了他惯用的洗发水沐浴露，所有的东西成双成对地和她的放在一起，两个牙刷靠在一起像在亲吻一样。

他们拍拖的时候，因为她始终心里有顾忌，一直没有同居，现在反而住在一起了，依偎着抱在她那老旧的单人床上，做爱的时候屡屡停下来，怕太激烈把床给撞塌了。

他们有空就手拉手去海边野餐，在沙滩上依偎着睡去。他一高兴就把她举起来转一圈，路人微笑着看着他们。

“我不知道要花多久才能找到你，不知道要花多长时间才能让你回心转意，所以干脆辞了职。

“我什么都没有，只有你了。”

他像癞皮狗一样坐在她小小的椅子上，看着她给他做肉酱意粉。

在这个完全陌生的城市里，他和她一样都是一无所有的人。这里没有年龄，没有距离，没有世俗的目光，只有两颗需要依偎在一起才能继续跳动的心。

“别忘了，我还是要惩罚你，你知道我打不通你电、发邮件被弹回、到舞蹈教室又铁将军把门的心情吗？你知道我为了找到你疯了一样打了多少电话、夜里哭了多少次吗？幸好你手机里用的是我的苹果账号，我定位的时候才发现你竟然跑到悉尼来了。”尼克一边吃意粉一边说。

“你啊。”他用恨铁不成钢的眼神看着她，“为什么一遇到美好的东西，就非要亲手把它破坏呢？你这么聪明、这么努力，又这么性感，你为什么对自己这么没自信，我这么爱你，掏心掏肺对你，从一见到你就爱上了你，在你还没察觉到的时候就默默对你好，你为什么对我这么没信心？”

“对不起。”她轻声说，羞愧得无地自容起来。

爱情往往在最出乎意料的时候来临。她年轻的时候骄傲美丽，觉得拥有整个世界，却唯独没有爱情。她羡慕别的女孩为了男朋友的一句话就哭哭笑笑，她自己的心像一潭死水一样，对任何事情的感觉都遥远而疏离。她三十七岁的时候，已经习惯了一个人生活，也失去了对于爱情的奢望，但这一切却不屈不挠地找上门来。他执着地待在她的生命里，他望向她的目光里充满了灼热的爱，他从来没办法把手从她的身上挪开，他抱着她的结实的双臂让她觉得她拥有了整个世界。他或许真的会爱上别人，但至少此时此刻他们还拥有彼此；他们或许并不能相携着一起死去，但起码他们一起丰盛地生活过；他们或许要面对整个世界的流言蜚语，但感情本来就是他和她两个人的事情。

她站在满屋子他的脏衣服和薯片袋中间，时间无声流逝，世界缓慢转动，有些事情在发生，有些事情在离开，而他的爱，让她成为了一个安宁而幸福的人。

还好这个世界上的每个人最终都会遇到命中注定的爱情。

“你啊你。”他有点儿恨铁不成钢地说，“我既然爱你，就是爱你这个人，爱你的勇敢和聪明，爱你的年龄和阅历，也爱你那几条细小的眼纹。我毫无保留地爱你，你有权力辜负我，但没有权力辜负爱。”他慢慢地凑过来，一点点、一寸寸地吻她，陈露的心跳得比他们初吻那次还要快。

他在她唇边呢喃着说：“我要惩罚你永远待在我身边。”

她迫不及待就要答应他，她想着等课程结束了回到香港，她要和他一起住，她要在他去公司面试的时候在楼下等他，她要带他去见她的父母，如果他要结婚生子，她就和他结婚生子。

当然，她还来不及说“好的”，就沉入了他的温柔和爱中。

# 十二月 相爱

# 旅程

小洁把文件夹锁到柜子里，和经理说了再见，等了好久的电梯下了楼，走两个街口去搭五路公共汽车。傍晚的天空出奇地低沉，空气湿漉漉的，像是伸手就能捞一把水。五路汽车很久都没有来，队伍一直排到路口再折回来，一脸倦容的人们开始大幅度地按着手机，夸张地叹气，用脚尖踢着人行道的边缘，只有两个菲佣在叽叽喳喳说话。

不远处的地平线上，无数幢摩天大楼正渐次亮起璀璨的灯光，商场的橱窗里摆着镶嵌有水晶的高跟鞋，美得像是从安徒生的童话里走出来的一样。往山顶的电车站前挤满了背着相机准备去看夜景的游客，穿着修身短裙的女孩挽着男孩的手，走向浪漫的法国餐厅。十年前刚来香港的时候，她目睹这么繁华的灯红酒绿，高兴得手舞足蹈，兴奋不已地挽住了身边李汉声的胳膊；十年之后，她只希望巴士能快点儿来，运气好的话，还能抢到一个座位。

电话响起来的时候她正在拥挤的人群中抱着两袋挪威进口的三文鱼，奋力伸长手去够货架上一袋速冻的巴西烤肉串。她一边手忙脚乱地把东西放在最近的货架上一边对着耳机说“喂”。

“我回来了。”

话筒另一侧传来的男声让她愣了一下，虽然知道对方看不到，还是立刻拢了拢凌乱的头发，理了理皱巴巴的衣领。

“我今天晚上都有空，你在哪里？”略微沙哑的男声继续问。

“我在崇光百货的超市，今天打折。”小洁略有些不好意思地说，“我来买一些海鲜。”

“一定很多人吧。”电话那头的男声想了一下说，“要不你还是别买了，晚上来我家，我去你喜欢的那家日本料理店买些海鲜刺生的外卖。你想吃什么？”

“三文鱼、带子、盐烤大虾、烤多春鱼。”

“我都写下来了，你出门的时候发个短信给我，我就去买，我怕买早了会凉掉。”

小洁把东西一件件放回去，超市里全是来买打折货的家庭主妇，一个个都穿着松松垮垮的师奶裤，露出壮硕的脚踝，她放回去的东西立刻被一只肥肥的手拿走了。她抬起头看了一眼那只手的主人，只见一张满是褶皱和横肉的脸，眼睛里全是斤斤计较和不耐烦的神色。她心里一惊，立刻从包里掏出镜子照了照自己的样子，用口红和胭脂化了点妆。

她赶在李汉声之前回到了家，烧菜淘米的时候，一想到晚上的约会就忍不住露出笑容。一个分神，把鸡肉炒焦了。

随便吧，大不了叫外卖。她最近做家务的时候总是有些没来由的烦躁，对生活的琐碎与平凡心有不甘却又毫无办法，只能把围裙狠狠扔在地上撒气。趁着煲汤的时间，她开始洗澡。因为是老式的房子，水压不足，她就在那细细的水流里一点点擦拭着自己。从堆着的瓶瓶罐罐里找出一支脱毛膏，忍着痛，里里外外地刮着自己的腋下和腿，又用很久没用过的磨砂膏去除腿上的死皮。洗完澡，她跑去衣柜，从最上面的一个盒子里拿出昂贵的香水喷上，又小心翼翼地拿出一套蕾丝内衣换上。内衣是麦克送给她的，鲜艳的大红色，柔软光滑的材料包裹着她玲珑有致的身体，她不由自主地走到镜子前，学广告里的模特那样摆出一个个姿势。她已经好久没有照过镜子了，也好久没有关心过自己的容貌。

铁门被拉开时发出的“哐当哐当”声吓了她一跳，她立刻换上松松垮垮的旧T恤，跑去厨房切水果。

始终还是心虚，她切水果的时候大气都不敢出，屏息凝神听着李汉声的动静，生怕他发现那套内衣的包装盒。

她听到李汉声把包扔在沙发上，又听到他打开了那台已经用了六七年，每次开机都嗡嗡作响的电脑。他嚷嚷着热，让她给他拿听冰可乐来。

“喝什么饮料，上次你买的普洱茶还没喝完呢。你最近饭局太多了，要刮刮油。不然裤子又穿不了了。”她拿出茶叶罐子，又插上了电水壶的电源。

“我哪里还用在乎什么形象。你不知道我们部门的已婚男人里，我已经算是苗条的了。”汉声嘟嘟囔囔地，但还是接过普洱茶去，一口喝了大半杯。

小洁摇摇头，继续切水果。刚结婚的时候，他还每周都去健身房，上班的时候穿她给他买的衬衣，打领带，穿西裤。衬衣是她托朋友去美国的奥特莱斯买来的，便宜但都是好牌子，料子挺括，衬得他人看起来分外精神。但现在，他穿T恤牛仔裤去上班，只在办公室里放一套西装，以备开会和应酬。

她把有点儿焦的西芹鸡柳和番茄炒蛋放在桌上，说：“我今天不在家吃晚饭了。阿丽喊我们几个姐妹去打麻将，可能要打通宵。我今天下班晚，没什么时间做菜，你要是嫌不够吃就叫外卖吧。”

“怎么又去阿丽家啊。”汉声放下正在玩的电脑游戏，转过身来看着她。

小洁的心一下提到了嗓子眼儿，但看着他立刻转过头去又玩起了游戏，突然觉得气不打一处来。她没好声气地说："人家阿丽老公给她留下这么多遗产，现在她不愁吃、不愁穿，每天就是看电视、做SPA、打麻将。我上次去打麻将，她还送了条巴宝莉的围巾给我。你要是也买得起巴宝莉送给我，我天天在家伺候你都成。"说实话，她自己也只是小会计，注册会计师的考试考了快十年也考不出，每年工资只加四百块，顶头上司是从四大会计师事务所跳槽过来的，才二十六岁，赚的钱已经是她的三倍。但她的心里有好多的怨气，她嫁给汉声的时候那么美、那么娇嫩，好多人到她工作的酒店来住一晚，只是为了看她一眼，但是现在，她的生活这么平庸、这么平淡。她还差一年才三十岁，但已经像四五十岁的师奶那样，生命一眼就看到了头，不过是凑合着把时间过完，然后等着入土为安罢了。

"你也别老羡慕她，她命好，我们和她不能比。等我26号出了粮，我们去西贡吃海鲜怎么样，要吃什么全是你话事（粤语中"说了算"的意思）。"

汉声说话的时候连头都没有回，他操纵着小人在虚拟的世界里驰骋厮杀，但那句"要吃什么全是你话事"却梗在小洁胸口久久未散。她第一次来香港玩，他陪她走了好多地方，看她饿了，又带她去莲香楼饮茶。他阔气地挥一挥手对她说："我请客，要吃什么全是你话事。"她一气儿要了虾仁烧卖、流沙奶黄包、干炒牛河、叉烧肠粉、翡翠虾饺、杨枝甘露，买单一共256块。他拿起信用卡就签了单，眼睛也不眨，她跟在他后面，吃得肚子滚圆，手上还提着打包盒。

他们也曾经有那么多甜蜜美好的岁月，他也曾经教她粤语，带她街头巷尾去吃香港小吃。她生病的时候，他不吃不睡彻夜陪着她，给她敷毛巾，为她擦汗。那些回忆想起来遥远得像存在于另一个星球，而她现在对于他的感情，除了怨恨，就只有麻木和淡漠了。

好在怨恨很快就被紧张和期待所取代，她已经一个月没有见到麦克了，反复念着他的名字，她觉得心里像有泉水流淌而过。

刚下巴士，远远就能看到麦克在等她。他快走几步迎上来，偷偷捏了一下她的手，然后露出一个孩童般的笑容。他们一前一后地走在马路上，仿佛毫无瓜葛的两个人，但她望着麦克的背影，觉得绷了很久的一根弦终于松开了。

麦克走进厨房开始加热串烧，桌上已经摆了蒜蓉扇贝和三文鱼刺生。她走进厨房想拿些餐具，麦克挥挥手让她去客厅等着。她拿起茶包想泡杯茶，麦克立刻阻止了："晚上别喝茶，会睡不着。冰箱里有果汁还有红酒，想喝什么随便拿。"

她拿了听苹果汁坐在沙发上，地上摊开了一只箱子，看来他刚从外地回来。沙发上有一本夹着书签的书，她拿来看了几页，发现认识的英文单词加起来还不到十个，便放下了。

“我给你买了最新的八卦杂志，在我的箱子里，你觉得无聊就看吧，我很快就弄好了。”麦克从厨房里探出头来，说道。

麦克是个执着地执行健康饮食的人，却喜欢看着小洁风卷残云般吃下各种串烧和海鲜。

“你这么瘦，应该多吃点才好。”他宠溺地擦去她嘴边的油渍，看到她的果汁喝完了，立刻去冰箱里又拿了一听给她。

他一边吃一边看着他的黑莓手机，时而打几个字，时而从公文包里拿出些文件来看，时而在笔记本上画上几笔。“冰箱里有我给你买的草莓，都洗好了，你先吃，我有一个邮件要发。”他仰起脸来对她说。

“好的。”她凑过来在他脸上亲了一下。

“你再露出这么可爱的笑容的话，我就永远写不完这封邮件了。”他有些嗔怪地看着她。

突然，客厅的灯光暗了下来，白晃晃的日光灯被关上了，只留下天花板周围一圈内嵌的蓝色小灯，麦克好闻的古龙水味道逐渐近了。她有点儿紧张，又有点儿期待，虽然已经做了无数次爱，但她每一次还是像第一次那样，心跳加速，全身的血液一下子涌到头部，撑在沙发上的双手微微颤抖。

“想我了吗？”他充满磁性的声音像带着小钩子，一下抓住了她的心。她立刻由内而外热起来，呼吸也紊乱急促了很多，他耐心很好地一点点解她裙子的纽扣，不慌不忙，她忍不住站起来，双手一把钩过他的脖子，然后狠狠地吻下去。

“别急。”他在唇舌间含含糊糊地说。他的舌头缓慢描摹着她的嘴唇，一颗一颗地舔着她的牙齿，然后慢慢地滑进她的口腔，含住她的舌头，像婴儿一样吮吸起来。

他宽大的手掌慢慢地抚摸过她的头发，然后滑进已经解开扣子的连身裙里，巧妙地解开了她胸罩的搭扣，她浑身不由自主地战栗起来。

冷气机吹出安静的风，小洁裹着轻柔的蚕丝被睡在宽大的床上，高潮的余韵像是海浪，还在她的身体里缓缓地拍打着。麦克已经沉沉睡去，他占据了床的一角，戴着眼罩，双手交握，胸膛微微起伏。即使在睡梦中，他也是一丝不苟的。

小洁打开床头灯，继续看那本八卦杂志。她一直是认床的人，只有睡在汉声身边才能睡着。汉声也知道这一点，他应酬无论多晚都会回家，凌晨两点醉醺醺的，她替他脱衣服、脱鞋子，用湿毛巾给他擦脸。他鼾声震耳欲聋，却还是知道要把她箍在双臂之间，让她枕在他的肩膀上。

她想，这也是她每一次都会回到汉声身边的原因吧。

她十九岁那年，在广州做酒店大堂经理的时候遇到了汉声。那时候她美得像朵花一样，不施粉黛就唇红齿白，顾盼生辉，盈盈一握的纤腰配上雪白笔直的大腿，比电视里的明星还勾人魂魄。许多客人都爱她，送她珠宝、送她钱包，她只要和人上一次床，得到的小费就多过她一个月的工资。

最为厉害的是，她知道美丽是自己最大的资本，也懂得用美丽来经营自己的人生。她在收下了无数手袋珠宝高跟鞋之后，在众多追求者中选中了汉声。虽然他只是他老板身后的小跟班，但是她能看得出来他爱着她，其他男人都当她是玩偶，玩腻了拍拍屁股就走，但是他能娶她，带她走，改变她的命运。

因为知道美貌易逝，所以她一早就为自己留好了后路。

她知道汉声是香港人，她偷偷看过他的护照，听他讲过这个大都市里面的繁华。那个年代，香港刚回归，通过蛇头偷渡去香港正盛行，哪怕蛇头要价不菲，人们还是趋之若鹜。而她靠美貌就能得到她想要的。

她虽然在工作上粗粗笨笨的，但关键时刻却从没犯过糊涂。果不其然，不到一年，汉声就将她接到香港，住在他贷款买的一间二手旧楼里。他带她去文华东方酒店喝下午茶，蛋糕做得分外精致，松饼放在篮子里，端上来的时候还是微热的，每一件餐具都像艺术品。他带她去置地广场买鞋，店员跪在地上，小心地为她穿上一双双细致典雅的高跟鞋，她踩在地毯上，觉得自己像童话中的灰姑娘。

汉声是政府税务处的公务员，九年前他们相遇的时候，他的工资是两万四，现在也不过三万五。好像自从遇到了她，他的仕途就停滞了。眼看年龄越来越大，又想要生小孩，要生小孩就要买一间大一点儿的房子，要换房子就要钱，为了贴补家用，小洁去念了夜校里的会计课，进了小公司做会计，每个月工资一万二。合同上说考过会计师证书就加六千，但她总也考不过。

她和汉声的日子过得越来越平淡，下午茶和高跟鞋已经绝迹了，甚至连做爱都变不出什么花样。他要么应酬到很晚才到家，要么打游戏打到凌晨，要么早早就躺在床上鼾声如雷，她说她想要，他说等明天再说吧。她有时候买了件新内衣，想换个新姿势，他总说，都老夫老妻的了，哪里需要来这一套。夫妻间的话越来越少，一开口就是吵架，她嫌他不上进，他反驳说："总比你留在广州的生活好不知多少倍。"他每次一说这句话，她就哑口无言，只好换上宽松的衣服去买菜，做好饭焖在锅里，出门去和其他几个师奶一起打麻将，打完三圈就各自回家。

如果就这么忘记了听交响乐、看芭蕾舞、喝下午茶、做指甲、做瑜伽，这些她所编织的关于香港的幻梦也是好的，她也可以安分下来，接受现实生活的平凡和庸俗。偏偏她在公司年会上抽中了香港交响乐团的两张包厢票，让她心中所有的不安分都冒出头来。

她在家里翻箱倒柜找嫁给汉声前穿过的那些昂贵的套裙，汉声嫌她动静太大吵得他不能专注打游戏。他说："我们明明不是那个档次的人，还去听什么交响乐。不如把票在网上折价卖了吧，卖了的钱去买一台新洗衣机。"

她突然很生气，又很失望，把两张票扔到地上，狠命踩了几脚，浑身止不住地颤抖。她曾经梦想的生活在不知不觉间已经如此遥远，现实从梦想的坟墓里爬了出来，响亮地扇了她一记耳光。

汉声愣住了，他茫然失措地一遍遍问："你不是很想换一台洗衣机吗？"

小洁一个人去看了那场音乐会，又狠狠心，从每个月三千块的买菜钱里拿出两张五百的，去买了条精致的红裙子穿上。

中场休息的时候，坐在她身边的男士有礼貌地问："小姐，你是不是一个人来的？"

她有些错愕地点点头。

"你看，我也是一个人来的，我正准备去吧台喝一杯，不知道能否邀请你作陪？"

中场休息的喝一杯变成了共进晚餐，共进晚餐之后又去了文华东方酒店的顶楼酒吧喝酒。他是中国人，却让她叫他麦克，说话喜欢夹杂她听不懂的英文单词。他给他讲音乐会上演奏的勃拉姆斯，也跟他讲餐桌上的勃艮第红酒的年份，他装作去洗手间，却不知道从哪里搞来一朵玫瑰花，插在她的头上。她好久没这么开心过了，她吃昂贵的鹅肝和松露，喝一瓶比她一周工资还多的红酒。她站在栏杆边俯瞰周围写字楼的灯火和车来车往，她觉得这个才是她当初背井离乡想要来的香港。

她喝多了，下楼梯的时候脚一扭，他立刻过来，扶住她，陪她等的士。红色的的士缓缓在她面前停下来，他扶她上去坐好，离开的时候，却突然伸过头，深深地却又快速地吻了她一下。

和麦克成为情人是几个月之后的事情，麦克并没有猴急地在第一次约会时就把她带去家里。他带她去美术馆，带她去赤柱吹着海风听着爵士乐喝鸡尾酒，带她去山顶一边看夜景一边吃西餐，他会偷偷握她的手，趁她扬起脸的时候偷一个吻，然后又立刻变得规规矩矩的了。他每个月只有几天在香港，其他时间在世界各地做生意，小洁不知道他是做什么的，也不知道他去哪里，打他手机也没有人接，只能等着他来找自己。

她第一次躺在麦克家温暖的大床上的时候，麦克反复问她："你确定要这样做吗？"

"即使你不和我做爱，我也会请你吃饭，带你去听音乐会的。"麦克说话的时候一脸严肃，仿佛他的手指没有慢慢顺着她的大腿根部滑去似的。

"我们先做一次，如果你让我快活的话，我们就继续做。"小洁说。即使是和汉声热恋的时候，她对于做爱也不是很热衷，汉声在这方面兴趣不大，她也从来没有那种强烈的欲望。直到麦克出现，他年纪比汉声还大，相貌亦和英俊毫无关系，但却不知为何像是在她心里燃起了一把火，在她已经成为死水的生活里搅出了一点涟漪，她开始去书店买了会计师考试的书来看，又报名参加了一个补习班。她发现自己确实是不满足于和汉声的生活现状的，她心里还有些不安稳，而这些不安稳因为麦克的出现全都爆发了出来。她好多时候都特别烦躁，看着汉声吃了晚饭年复一年地坐在电脑前打游戏就气不打一处来，她也常常魂不守舍，只能一次一次打电话给麦克。他不接电话，也不回任何短信，只突如其来地打给她，告诉她下一次见面的时间、地点。她像是又回到了少女时代，享受着生命中的无限可能性，对未来充满憧憬，并且愿意和麦克尝试任何事情。

和麦克做爱的经历出奇好，他有些微的谢顶和那个年龄的男人通常会有的肚腩，但在床上非常生猛且具有强烈的探索精神。他带给小洁全新的体验，每一次的花样都不尽相同。而且每次完事之后，他都不会像汉声那样连澡都懒得洗就沉沉睡去，他会和小洁一起洗泡泡浴，体贴地问她刚才有没有快活到，再体贴地擦干她身上的每一处。

做完爱一般都是凌晨，打车太贵，她通常是赶早上六点零五分的头班地铁。回到家，做好早饭，汉声正好拿着报纸从卫生间里走出来，她便如往常一样喊一声："快吃早饭，粥要凉了。"

开头的几次她内疚得无法直视汉声的眼睛，但慢慢地，她也习惯了生活中截然不同的两面。

和汉声在一起时的平淡和沉默，以及和麦克在一起时的激情和热烈。她喜欢和麦克相处，有几次，当他在快要关门的空荡荡的美术馆里牵她的手的时候，她突然就心跳得飞快。她不再每天在办公室里面消磨时间，穿洗得走形的毛衣，在茶水间里看报纸，慢吞吞把数字一个个打进电脑里面，而是开始给自己找不同的事情来做。麦克推荐看的几本书，她也去书店里买了回来看，看不懂也坚持放在床头，时不时翻几页，商店打折的时候她去买了胭脂、口红、驼色的大衣和脚踝部位有花纹的黑色丝袜。每当麦克打来电话，她一整天都心情愉悦，有所期待，她拿出小镜子抹上口红，然后拿起手袋关上办公室的门的时候，心里像有蝴蝶在飞。

麦克是她生活中带来期盼和喜悦的新鲜事物，而汉声则是她日常的平凡的生活，是他下班回来之后的一声“今天晚上吃什么菜”，是他偶尔带同事回来喝酒打麻将时候的喧哗。她像是活在两个平行世界，并不觉得自己背叛了哪一个人，也不觉得自己非要从中选择一个人。

只是今天，她回到家，看到从来不做饭的汉声买了生滚鱼片粥、油条、烧卖、鱼蛋，各种各样的吃食铺满了整张桌子。

“说吧，发生什么事情了。”她平静地问道。

汉声低着头，搓着手，仿佛偷情的是他一样，他有些犹豫地小声说："先吃吧，吃完再说，不然都要凉了。"

她就呼噜呼噜喝粥，再吃一个烧卖，再吃一点炒面，他把他碗里的鱼片夹给她，她吃的时候咬到了嘴唇，血腥味蔓延开来。

就在这个时候，汉声开始说话，她茫然地看着他的嘴唇开开合合，他说了好一阵子，她才明白，她去见麦克的这些夜里，汉声都去了阿丽家。

"她几年前就对我有意思，那时候她找我替她写税单，她继承了她丈夫的好多财产，有股票，有期货，有房子在收租，她不知道怎么才能少交一点儿税，我就去帮她。

"她让我去她家，我以为就是单纯地填张税单，哪知道她已经买好了红酒和甜点，还有专门为我准备的拖鞋和擦手毛巾，都是全新的，从包装袋里拆出来，我一看，都是很昂贵的牌子。

"我一开始也没有想要做什么，只当她普通朋友。但后来看到你有了新的约会，看到你容光焕发，脸上有了十年前我们刚见面时候的那种神采，我心里也痒痒的，想要我的生活里也出现一些激情或者变化。

"一天，你出去约会了，我吃着冷掉的饭，打着游戏却不知怎么老是输，她突然打电话过来，说她胃不舒服，一个人动也动不了，又不想叫救护车，问我能不能送她去看医生。

“我后来又去照顾了她几次，她瘦瘦弱弱，那么信任我，有什么事都来找我，我心一软就做了错事。做完之后，她睡在床上，看起来那么柔弱，那么孤单，一无所有。她几次三番要我离开你和她在一起，我一直拖着，但她催得实在紧。我知道都是我的错，我辜负了你又辜负了她，无论我做什么样的决定都无法弥补，但是你现在有了新的约会，看起来也不再需要我，所以我想，我还是去她那里吧。”

汉声手忙脚乱地给她拿纸巾，又惊慌地跪在地下请罪的时候，她才发现自己已经把桌上的食物全扔在地上，把碗砸得粉碎，还流下了两行眼泪。

她好久没有这样号啕大哭过了，她乏味的身体里竟然还有这么多眼泪。汉声一如既往地搂着她，拍着她的背，用拇指擦去她的眼泪，然后小心翼翼地把碎玻璃一点点捡到垃圾桶里面。

她和汉声之间的情谊是如此深厚，远非漫长的时间和荒芜的生活所能磨灭。但是他并不属于她，就像她不属于他一样，而最后的最后，是他们终将分离。

她看着他捡玻璃的背影，他凸出来的肚腩让这件事分外艰难。她感到难过并不是因为他，而是因为生活本身。

“如果你有事，随时都可以找我。我的手机会二十四小时都开着。”汉声吸了一口气，下定了决心说道，但一说话，还是立刻低下了头来。

她拍拍他的肩膀，说：“没关系。”

想了一想，她又补充了一句：“谢谢你，谢谢你十年前牵了我的手，也谢谢你十年来的照顾。”

那一天晚上，小洁第一次没有得到邀请就去了麦克家，坐在他房门口等他回来。以前她总是生怕会影响到麦克的工作，哪怕再想念他也会克制自己的感情，从不轻易打扰。但她现在肿着眼眶，散着头发，什么都顾不上了，只想待在他身边，得到陪伴和慰藉。

第一眼看到她，麦克愣了一下，但他只犹豫了半个瞬间，就大步走过来，抱住了她。

“你是决定离开他了吗？”他简明扼要地问道。

小洁一惊，推开他，警惕地望着他：“你怎么知道的？”

麦克叹了口气，向前一步，再次抱紧她，轻轻按摩着她僵硬的后背：“我能看得出来。相信我，我比你所以为的更了解你。”

小洁终于放心地靠在她怀里，把所有重量都交给他，她点点头说：“是的，不过是他先要离开我的。”

“那是他的损失。”麦克坚定地说。

她趴在麦克背上失声痛哭起来。麦克任由她用他那昂贵的白衬衫擦着眼泪鼻涕。等她再也哭不出眼泪，他把她带到房间里坐下，给她倒了满满一杯红酒。

“把这杯喝光，然后去睡觉。”

“那么，你想要和我在一起吗？”小洁小心翼翼地问道，最后两个字说得太轻。麦克皱了皱眉头问：“你说什么？”但他立刻恍然大悟地点点头，“哦，我知道你要问什么了。”

“我想要的。”他转过头去，注视着她的眼睛，握住了她的手，“我第一眼看到你，就被你迷住了。”

一年之后又是夏天，这是小洁最讨厌的季节，阳光猛烈，又没有风。在中环的高楼大厦间，小洁拎着外卖往公司走。

她在过马路的时候看到了李汉声，他的头发留长了一些，看起来比去年要年轻些，身上穿着精心剪裁过的衬衫，看上去帅气不少。

她原本以为离了汉声她就过不下去，但最后倒也是一天天平平安安地过来了。现在没了汉声睡在她身边，她照样倒头就睡，打着呼噜一觉到天亮。

汉声有的时候会来看看她，像个客人一样拎着水果篮或者点心盒，她说，这是你的房子，想来就来，别那么客套，但他还是执意去买华而不实的水果篮给她。

“裙子很好看。”汉声先开了口，“当然，你一直都很好看，可惜我能给你的，配不上你的美貌。”

“她怎么样？”小洁直截了当地问道。

“还好。”他想了一会儿，补充说，“她在我身上花了不少钱，随便给我买一件西装都是上万的。她一会儿让我不要做了，一会儿说她可以去找找关系，让我升个职，做个官。我就跟她说，我真的是个没什么野心的人，有工作就做，有钱就花，没什么特别的追求。”

小洁点点头：“你还是以前那样。”

“那可不是？人哪有办法说变就变呢。”汉声搓着手说，他左脚踢着人行道上的一粒石子，稍微有些不自然，“那说说看你呢？上次无意中听到你打电话，他的名字叫麦克是吧。”

“是啊。我现在每周都会去他那里一次，其他时间他都在出差，即使在香港也要开会，我不知道他是做什么的，也从来不过问。”

“你爱他吗？”

“可能吧。我喜欢和他在一起，认识他之后，我开始努力工作，而且竟然考过了会计师。我每周都很期待见到他。他也说，他之前总觉得我是一个没有心的女人，即使在做爱的时候，表情也总是茫然又冷淡，但他现在觉得我越来越热情了，对生活也越来越有追求了。”

“那就是爱了。”汉声斩钉截铁地说，他把手臂搭到小洁的肩膀上，一会儿又觉得不妥，立刻拿了下来，“我不知道我爱不爱阿丽，但是说实话，她从来不说我不上进，也不怪我赚不到钱，我打游戏，她也跟我一起打，和她在一起，我觉得自在了很多。”

“那你也是爱她的了。”小洁诚挚地望着他，“祝贺你。”

他们依然是彼此生命中那个无可替代的携手走过一段岁月的人，而现在，他们都要和另外一个人，开始一段新的旅程了。

小洁匆匆回到了办公室，领导说，她最近表现很好，正考虑给她升职。她透过办公室的窗子望去，高楼的尽头是维多利亚港，再往前是几个零星的岛屿，而陆地的尽头，是无边无际辽阔的大海。

手机响了起来，她觉得，一定是麦克打来的。

# 后记

## 最 好 的 生 活

我不是一个胸有大志目光长远的人，也从来没有成为一名作家的想法，但却好像每一年都在写着新的内容。特别是最近两年，工作忙碌，日子艰辛，生活里的坎儿一个接一个宛如波浪起伏，但越艰难，便写得越多，房门一关，把周遭的口水和白眼隔绝在外，在纸与笔的世界里假装自己是一名国王。慢慢地，无论是参加面试还是与陌生男子相亲，都爱把自己是个写字的这一点挂在嘴边，虽然对方也常常是“哦”一声就过去了，但自己心里还是挺骄傲澎湃的。

我十岁的时候拿了全市小学生作文比赛的冠军，在当地的报纸上有了属于自己的一个小方框。我还记得那时候的稿费是三十元，我把汇款单装在书包里，第一次大摇大摆昂首挺胸地去学校。常常因为我在课上说话而将我赶出教室门外的老师让我站在讲台前，大声朗诵自己的作品，又让傲慢又美丽的班长给我带上大红花，号召全班同学向我学习。

总是因为我不肯乖乖练钢琴而扇我耳光的妈妈破天荒地表扬了我，她给我买了新裙子、新皮鞋，郑重其事地带我去领那三十块钱，领完了又带着我去市里唯一一家必胜客吃比萨。很快，整个小区的人都知道了我的“丰功伟绩”，让他们的孩子叫我“作家姐姐”。小区门口小卖部的奶奶每次看到我，都要塞给我几颗可乐糖，或者一根快要化掉的棒冰，拉着我的手问：“下次能不能把你奶奶我给写进去啊？”

但我作为文艺爱好者却没享受到几天特权：因为我上了全市最好的中学最顶尖的班。学校的名言是：“学好数理化，走遍天下都不怕。”聪明和有天分是和理科成绩挂钩的。显而易见，那些在数学和物理上有天分的人，他们将会获得奥赛奖牌，拿到保送名额，进名牌大学，去美国拿到博士学位，然后拥有一个从世俗意义上来说很完美的人生。所有人都觉得阅读、写作是浪费时间，能写出漂亮的句子完全一文不值，没事写两句的人都是在没出息地无病呻吟。

在学校里，体育课美术课音乐课当然会随着数学老师的一句“我们今天多做几道奥赛题”而化为泡影，语文课也变成了机械的背诵和分析。老师按照不同的写作内容，写了好多版本的开头、结尾、可以引用的诗句、可以举例的名人事迹给他们，连带着感动中国颁奖词等鸡汤读物，我们像做一道数学证明题一样完成一篇作文，思维严密，内容详实。

唯一幸运的是我有一阵子遇到一个也喜欢吟诗作对的语文老师，我看到他监考的时候在讲台上填好的一首词，也战战兢兢地将我每天晚上躲在被子里写完的小说拿给他看。他在那本硬面抄所有角角落落的空位都留下了批注，密密麻麻的，字数比我本来的小说还多。他把他在当地报纸上发表的小说拿给我看，让我提意见，又带我去他家，找出藏在各个犄角旮旯的书让我挑喜欢的拿走。他允许我在他的课上看小说，晚自习的时候让别人做卷子，派给我的任务却是要写一首诗或者对一个对子。但是他很快就因为太过另类被其他老师合伙排挤走了，我还记得他离开的那一周，我正好收到了新概念作文大赛的复赛通知。

我打电话给他，他说了一句“太好了”之后，沉默了许久，听筒里只传来他吸鼻子的声音。

大学填志愿的时候，全家人连带我从未见过的三姑六婆都给我出主意，有人让我学工程，有人让我学金融，有人让我学外语，但每个人都告诉我：“千万别学中文。”

“要是你妈妈是个有钱人，那么你爱学什么就学什么，我都不管。”我妈这句话一出，我就立刻缴械投降。我虽然自诩清高，但是也热爱物质。小学的时候有个同学的爸爸开百货公司，逢年过节，老师的福利品都是他爸爸赞助的，六一儿童节学校联欢晚会的奖品也是他爸爸赞助的，在学校里，不管她走到哪儿，背后都有十几二十几个跟班。初中的时候有同学家里开加长房车，如果谁和她关系好，她就会顺路捎上谁，所以初中三年都没有人揪过她的辫子，或者在体育课上把沙坑里的沙撒在她身上。

我后来选了专业会计系，因为我爸的公司要上市，公司里来了穿黑西装讲英文的审计师。家里人一直觉得读这个有前途。我当然也向往轰轰烈烈的生活，想要流浪到马里亚纳海沟或者撒哈拉沙漠，像我热爱的女作家三毛一样爱上一个自由不羁的男人，生活、创作，然后死去。但我还住在家里，所有的积蓄不过两千三百五十块，不会开车，出门常常迷路，我能去哪里呢？

我甚至在开学的第一天就已经迷了路。

我吐槽了很多次会计系的枯燥、无聊，那该死的无论背多少次还是会在考试时候忘记的香港会计准则、国际会计准则。说实话，我也不是多么讨厌会计学，背诵和写论文对我来说并不太难，教授也容忍了我翘课去参加文学比赛，给我提供打工赚学费的机会，甚至也给了我不错的成绩。但是我只是焦虑，觉得自己过的生活不是自己想要的，却也说不出来自己究竟想要什么，可以怎样去获得。

有一年三四月份的时候下了很多雨，空气潮湿得一把都能捏出好多水来，房子里弥漫着淡淡的霉味，和买来没多久就腐烂的水果的甜味。因为所有的衣服都晒不干，所以就更加懒得出门。我的宿舍在山上，每天下山只是为了去食堂买盒饭，一次买两份，一份做午饭，一份做晚饭。每天和外界的接触只在于看着山坡上漫山遍野的花儿随着雨水的滋润一天比一天开得更绚烂。

那段时间我看了很多书，基本上每天看一本，一手拿着便利贴，一手拿着荧光笔，在书上做各种各样的记号，把好词好句都单独摘抄起来。

那段时间也是我第一次有机会全身心地投入到写作中，不用像中学时那样把稿子垫在数学练习册下面，每写一段话都要回头张望下爸爸妈妈有没有进房间来。每天夜晚，我站在宿舍顶楼，一边听着雨声，一边和新概念作文大赛认识的朋友打电话，交流阅读写作的意见，为一个情节甚至一个人名讨论一个晚上。

那段时间我收到的退稿信，数量也是颇为可观的。

清心寡欲一心写作的生活并没有持续很久。2010年的时候我去了法国，看到更大的世界在眼前徐徐展开，拼命努力着跑向新生活。

新鲜的环境总是带来意想不到的挑战和惊喜，更何况是浪漫得令所有文人雅士都向往的法兰西。我开始学习跳舞，虽然不是香奈儿小姐跳的康康舞，但从现代芭蕾到酒吧里跳的大腿舞都学了一二，在舞会上与好些年轻英俊的美少年共舞一曲，在音乐的最后一个重音时被他们揽在怀里。我去了很多地方，从冰天雪地的华沙到爱情海的岛屿圣托里尼，坐过长途跋涉的通宵巴士，睡过机场和火车站，在午夜巴士和机场的候机楼里遇到了不同阶层的人，在青年旅社里吃着火腿喝着啤酒，听来来往往的背包客们讲各种各样的故事。作为半吊子写手，我上了人生第一堂文学课，正儿八经地分析雨果和萨特的著作，我在花神咖啡馆里写作业，角落里的老爷爷看到《悲惨世界》的封面就忍不住过来和我聊了整整一个下午。在巴黎的大半年，我学会了背法国历史简表，在卢浮宫里认识了好些名画，写论文分析了哥特式建筑和罗马式的区别，鉴赏了印象派大师的画作。那些流连于小巷里与街头艺人攀谈和在酒吧里与爵士乐手一起歌唱的日子让我的眼界一下就开阔起来，当然，和浪漫的法国男人的恋爱也实在是有所助益。

我在法国的时候开始写博客，写旅途中或者街头巷尾认识的一些有趣的人，他们中有在金融危机后输尽身家索性买张机票满世界流浪的阿根廷银行家，有被父母抛弃之后辗转于各地最后在西班牙的某个小镇开始学习弗拉明戈的舞女，有剑桥大学比较文学系毕业却选择隐居在不同的小镇，每到一个地方都会写一组诗的文艺青年。我写下来的初衷只是因为他们的生活太精彩又太有趣，我怕我忘记了那些跌宕起伏的故事，决定用文字来记录。

我的那些故事慢慢开始有了很多留言，被人点了好些赞。我原本深深为自己的世界的苍白和平淡而自卑，但慢慢也发现，能够通过文字让更多的人了解世界，这何尝不是我自己的精彩之处呢。

我经朋友推荐开始给两家杂志写专栏，又因机缘巧合拿了几个文学奖。正当我想要在文学道路上大展拳脚的时候，连续被拖欠了上万元的稿费把身无分文的我一下子打回原形。

还好，我没怎么费工夫就找到了四大会计事务所的工作，培训、考试、加班、出差，生活一下子按部就班起来。每天的工作都是前一天的重复，机械性地从清晨一直做到凌晨，同事之间也总是互相试探，有所保留。在这里，所有的关系都非常现实，所有的目标，也不过是把手头这个项目做完，把下一门会计师考过，然后期望在年末评定中得到一个好分数，加上那么几千块薪水。

有一阵子我每天做到凌晨一两点，然后丧尸一般坐出租车回家，透过车窗望着夜香港流光溢彩的灯火，我觉得自己整个人都空空荡荡的，没有什么价值，也没有什么值得把握的，不过是城市七百万人中的一个，随时都可能消失，随时都可以被取代。

也就是在这个时候。我朋友的朋友将我推荐给了一个出版人，要将我游学巴黎的经历出版成一本书。那是一家刚刚起步的小出版社，整本书的酬劳也非常微薄，但就是这样一个看起来微不足道的机会，成了当时迷惘又沮丧的我的救命稻草。

我至今还记得那些白天工作加班，凌晨过后奋笔疾书的时候，身体疲劳到了极限，连站起来倒一杯水的力气都没有，但大脑却非常活跃，那些记忆里最美好最灿烂的往昔全都历历在目。吃过的甜点，跳过的舞曲，派对上握过我的手的蓝眼睛少年，在旅途中载了我一程的好心人，街边拉了一曲圣桑让我热泪盈眶的老爷爷。他们从被尘封的角落里跳了出来，站在我面前，告诉我生活除了枯燥乏味的工作之外，还有许许多多其他的可能性。

通过写作，我开始坦然接受现实生活的残酷和乏味，仿佛书写是某个神秘的宗教仪式，我经由此，找到了内心深处的丰盈和坚定。

我从来没有想过写作可以让我富有和出名。我年少时认识的写作朋友，有一名惊才绝艳让大家都惊为天人的少年，因为家庭负担，最后从中文系辍学改行当导游。他少年时期读书多，见识广博，所以可以讲很多好笑的段子，也赚很多小费。我后来再见他，他还是会和我谈论卡佛和普鲁斯特，但转头接起电话，又是那个大嗓门为几十块钱斤斤计较的导游。写作圈中混得好的都是学理工科的，掌握了一技之长，毕业之后去了国外，有的读博，有的经商，青山绿水，鸟语花香，车子和带花园的房子都有了。

我的第一本书也没有像我妈妈幻想的那样大红大紫，我也只拿过一次初版的版税。但慢慢地，我的博客开始多了粉丝，每写一条状态下面都会有十几条留言，他们羡慕我、崇拜我，给我许多我万万也担当不起的溢美之词。他们会写信问我应该上什么大学，应不应该和男朋友分手，甚至包括暑假该去哪里旅游。

一边工作一边写作的日子我已经坚持了四年。算不上轻松，特别是工作忙起来的时候，每个周末都要加班，刚解决一个问题立刻有了新的烦恼。最累的时候，哪怕站在拥挤的地铁里都会睡着，但却还是要努力撑开上下眼皮，写出心里早已酝酿好的一个个故事。

因为想要写出令自己满意的作品来报答素昧平生的读者的支持，所以几乎所有的空余时间都在阅读和写作。周末的早晨再也没有睡懒觉的时间，下班回家坐在沙发上吃着薯片看肥皂剧的经历也很久没有过了。每一篇小说都反复修改了五六次，和在写作道路上共同奋斗的朋友们一起讨论、修改，反复敲定男主角的名字或者女主角的穿着。

我这人看起来挺懒散的，除了努力之外别无所长。但好在命运待我不薄：第一本书出版之后，我连续获得了几个文学奖，登上了好几本梦寐以求的杂志，以一年一本的速度出着新书，和许多童年少年时代仰慕的作家结为好友，亦陆陆续续收到了一些活动和演讲的邀请。童年时光因为生病而被孤立所带来的敏感和敏锐，少年时代莫名的迷茫，工作之后生出的不甘于平庸的好胜之心，让我最终长成一个内心丰富到与外在世界格格不入的拧巴的人。我的生活还是不完美，钱包依然羞涩，也常常会羡慕嫁了有钱人的女同学背着当季最流行的包包，我终于可以和自己妥协，坦然接受生活的一切，并且安心地讲更多的故事给大家听。

我最近看了一本名为《年轻的心在哭泣》的小说，因为对这本书里面的内容太有共鸣，所以每看几页就不得不停下来，缓解一下那种透不过气来的感觉。

书里面那个志向高远清明高洁的男人，自恃有着写作和剧作方面的天赋，却又不得不认识浅薄的人，过着平庸的生活。而书里面那个热爱文学的富家女子，看似不食人间烟火，但最后又输给了残酷的现实生活。文艺青年在整本书里面是那么绝望、走投无路，只有内心的倾诉欲望在逐渐膨胀，而最后也会将他们看似平和的生活炸得粉碎。

可是我就是文艺青年啊，能怎么办呢？虽然大家都说，写不写并不重要，重要的是应该好好活下去。

可现在的我，努力学习坚持写作，已经是我所能想到的，最好的活在这个世界上的方式了。

图书在版编目（CIP）数据

我们都美好且值得被爱 / 刘文著. — 长春 : 北方妇女儿童出版社，2015.7
ISBN 978-7-5385-8253-6

Ⅰ. ①我… Ⅱ. ①刘… Ⅲ. ①短篇小说－小说集－中国－当代 Ⅳ. ①I247.7

中国版本图书馆CIP数据核字（2015）第007396号

我们都美好且值得被爱

作　　者　刘　文
出 版 人　刘　刚
策　　划　师晓晖
责任编辑　孙　健
封面设计　奇文云海
开　　本　787×1092mm　1/32
字　　数　206千字
印　　张　8
版　　次　2015年7月第1版
印　　次　2015年7月第1次印刷

出　　版　北方妇女儿童出版社
发　　行　北方妇女儿童出版社
地　　址　长春市人民大街4646号
　　　　　邮编：130021
电　　话　总编办：0431-85644803
　　　　　发行科：0431-85640624
网　　址　http://www.bfes.cn
印　　刷　三河市祥达印刷包装有限公司

ISBN 978-7-5385-8253-6　　　定价：32.80元